Andrée A. Michaud

Portraits d'après modèles

ROMAN

LEMÉAC

PORTRAITS D'APRÈS MODÈLES

DE LA MÊME AUTEURE

LA FEMME DE SATH, Québec/Amérique, 1987.

ANDRÉE A. MICHAUD

PORTRAITS D'APRÈS MODÈLES

roman

LEMÉAC

DONNÉES DE CATALOGAGE AVANT PUBLICATION (CANADA) :

Michaud, Andrée A., 1957-

Portraits d'après modèles : roman

(Collection Roman)

ISBN 2-7609-3140-4

I. Titre.

PS8576.I217P67 1991 C843'.54 C91-096828-4
PS9576.I217P67 1991
PQ3919.2.M52P67 1991

L'auteure tient à remercier le Conseil des Arts du Canada et le ministère des Affaires culturelles du Québec pour le soutien financier accordé à la rédaction de ce roman.

Maquette de la couverture : Claude Lafrance

1126, rue Marie-Anne Est, Montréal, (Québec) H2J 2B7
Dépôt légal — Bibliothèque nationale du Québec, 4e trimestre

Imprimé au Canada

Ainsi je sais encore qu'il était grand et sec : certaines connaissances abrégées demeurent dans ma mémoire. Mais je ne vois plus rien : j'ai beau fouiller le passé je n'en retire plus que des bribes d'images et je ne sais pas très bien ce qu'elles représentent, ni si ce sont des souvenirs ou des fictions.

Jean-Paul Sartre
La Nausée

À Réjean,
pour le souvenir

Dans la ville où il vit passe un fleuve. C'est là qu'il va, près de ce fleuve, quand il veut oublier le corps des femmes, se reposer de la couleur des chairs et de l'odeur de vains enfermements. Il va s'asseoir le long des berges et il regarde la lenteur de l'eau, l'opacité des gris, la coulée silencieuse de cette plane étendue dont on devine à peine les mouvements, où l'on acquerrait l'idée de l'immobilité, n'étaient quelques objets flottants qui parfois vont à la dérive.

C'est là qu'il se rendait et qu'il se rend encore, mais depuis quelque temps, le fleuve est habité par cette chose qu'il venait y fuir : l'image égarée d'une jeune femme dont le corps glisse sous les flots, qui se rend jusqu'où l'œil peut la suivre et reprend sa descente à partir de l'amont.

Il ne sait pas comment elle est arrivée là, peut-être y était-elle depuis longtemps déjà, sans qu'il puisse la voir, ses pensées trop chargées des images incertaines où errait sa mémoire. Et puis il a vu peu à peu s'éclaircir l'épaisseur des surfaces, l'eau sombre perdre de sa densité, et elle est apparue, blanche, et mince, et faite pour se mouvoir parmi les algues, la douce obscurité des profondeurs liquides.

Il ne sait pas comment, non, pourquoi, mais lorsqu'il va au fleuve, il ne peut maintenant voir que cela, le passage d'un corps pâle venu d'eaux oubliées, la souplesse des membres, leur plaisir à se conformer aux courants qui les portent, et il n'entend, malgré les rumeurs de la ville au loin, que le léger froissement des vagues basses, et le faible remous, peut-être, de la lente immersion d'un corps.

Il fait nuit, très noire, et l'homme rentre à l'instant du fleuve. En allumant une des trois lampes qui forment tout l'éclairage de son appartement, il a trouvé une femme couchée dans la pénombre, endormie sur le lit.

Elle vient depuis deux ou trois semaines, cette femme, parce qu'il la paie pour cela, et parce qu'elle lui dit avoir peur de la nuit. Elle arrive à neuf heures et elle va s'asseoir sur le lit, dans la pose indiquée par l'homme, prête à supporter son regard le temps qu'il le faudra, c'est-à-dire le temps qu'il trace enfin quelques lignes sur le canevas sans cesse recommencé.

Ce soir pourtant il n'était pas au rendez-vous, alors elle s'est assise sur le rebord du lit et l'y a attendu, une heure, deux, en fixant la pointe écornée de ses chaussures, il faudrait les changer, ou encore le mur blanc, inclinant vers le jaune, qu'il y avait devant elle.

En fait on ne sait pas ce qu'il y a devant, ce qu'il y aurait si l'image n'était pas ouverte pour nous laisser voir cet appartement. Alors on suppose un mur blanc, par association avec les autres murs.

Ce qu'on voit en effet de l'espace se limite à l'entrée, à droite, et au mur qui fait face à la position qu'on occupe, flanqué de ses quatre fenêtres et contre lequel est poussé le lit où la femme a fini par s'étendre, engourdie par le vide où elle avait dû plonger son esprit, fatiguée de l'attente, et voulant profiter d'une autre nuit dans ces draps imprégnés de sueurs, d'odeurs qu'elle connaissait à peine, froides, et rances, et rempli d'un ennui qui incrustait ses marques. Elle ne voulait que cela, dormir, et oublier la nuit.

Son sommeil n'a toutefois pas eu le calme qu'il convient de prêter à l'oubli, et on voit qu'elle s'agite un peu, pour avoir peut-être perçu, dans le secret de quelque rêve, le regard insistant de l'homme qui se demande encore qui est cette femme.

Car il ne sait rien d'elle, ni d'où elle vient ni où elle s'en ira. Il l'a ramenée chez lui un soir qu'il était ivre, sans savoir qui des deux avait abordé l'autre, et depuis elle revient tous les soirs, il ne sait pas pourquoi non plus, mais il apprécie sa présence, l'ouverture de son corps lorsqu'il croit devenir fou, et le fait que par elle il peut tenter de reconstituer l'image de l'autre femme. Non pas qu'elles se ressemblent. Non, il a de l'autre un souvenir différent, plus frêle, avec des cheveux courts et pâles.

Celle-ci est une femme aux cheveux mi-longs et sombres, entre deux âges et entre deux beautés, mais d'un âge où la chair peut encore, à la faveur de quelque obscurité feutrée, causer des désirs brusques, d'une violence qui parfois effraie l'homme. La femme, pourtant, ne semble pas s'en effrayer, pas plus qu'elle ne paraît troublée par les assauts de l'homme, comme si rien ne pouvait l'atteindre, quand même on la briserait, ce qui n'empêche pas la jouissance, ni même la vérité des cris.

Une femme en tous points différente de la première, qui toutefois possédait aussi cette faculté, non pas de se retirer en elle-même, mais de poser entre le monde et cette surface où elle avait choisi de se maintenir un écran qui la protégeait contre toute incursion, ou contre toute douleur étrangère à celles déjà admises.

C'est peut-être cette ressemblance qui lui a dès l'abord donné cette impression qu'il pourrait par cette femme retrouver la première, et peut-être pour cette raison qu'il ne la renvoie pas, parce qu'il croit qu'on peut établir un parallèle entre le corps du fleuve et celui-ci, et de l'un remonter jusqu'à l'autre. Mais jusqu'à aujourd'hui il n'a rien pu tirer de l'assurance des mouvements, du calme du regard, ni même de l'entière nudité, qui jusqu'en ses postures les plus lascives ne parvient pas à dévoiler ce corps que la pudeur absente garde de toute indiscrétion. Mais il y arrivera, de cela il a la presque certitude. Il suffit de laisser le temps agir, et la femme tranquillement s'habituer à lui, pour peu à peu et sans même s'en apercevoir laisser tomber ses résistances.

Cela, il le sait, datait d'il y a longtemps, bien avant l'arrivée de cette femme qui dormait devant lui, et à laquelle il ne pouvait par conséquent attribuer son impuissance.

Il y avait d'abord eu ce pâlissement des formes, une vapeur lourde s'était levée du fond des toiles, chaude, et lentement les avait encerclées. Puis les bleus peu à peu s'étaient mis à trembler, à vaciller dans la moiteur de ce brouillard où ils semblaient se liquéfier.

Oui, tout cela avait bien commencé par le bleu, probablement à cause des marées hautes qu'avait ramenées la femme apparue sous les eaux du fleuve, et puis le gris avait suivi, le gris du sable et des rochers, et les autres couleurs, enfin, s'étaient mises à couler des surfaces, formant de longues traînées sales où se perdaient les paysages, les décors entrevus ou rêvés avant qu'elle ne revienne de là-bas. Là-bas... il n'avait jamais su où cela était exactement. Il dit ce mot comme il dirait avant, sans savoir là non plus ce que cela signifie.

Il répète le mot, là-bas, et voit dans la lenteur du *a* qui traîne des immensités planes... sables, herbes penchées et jaunes. L'idée qu'on se fait du repos. Et de l'oubli, peut-être. L'idée qu'il avait pu s'en faire.

Là-bas... Il y avait de cela des siècles, des années de désert et de blanc à recouvrir sans cesse.

Le jour vient, quelques lueurs à peine derrière les édifices, et la femme ne n'est pas éveillée. L'homme, lui, a peint sans s'arrêter, s'acharnant sur ce que pouvait lui révéler cette femme au plus profond de son sommeil. Ce besoin l'a surpris comme une rage, et avec lui le désir de salir la toile tout en salissant cette chair calme et douce et qui ne craignait rien.

Et maintenant il a chaud, et la sueur lui fait autour des lèvres un goût de sel qu'il va lécher sans cesse, un goût de mer et d'eaux légèrement âcres où se mêlent des parfums de femme dont la fugacité n'arrive qu'à augmenter sa rage, pendant que sa main tire du modèle endormi tout près de larges traînées d'ocre.

Mais il ne sait pas d'où lui vient sa hargne, son désir d'ajouter encore à la souillure accumulée au cours des derniers mois sur les toiles déchirées à mesure, jetées sitôt finies, comme si le simple geste de briser, d'écarter du regard, pouvait tromper le fait qu'il perdait la mémoire, que son identité fuyait à travers l'éloignement des images pouvant seules le relier à lui-même. Car sa mémoire ne pouvait guère lui garantir que cela, la certitude d'un oubli où ne surnageaient plus que de pâles images, comme cette femme se promenant au fleuve, et quelques impressions tenaces, l'idée du chaud, l'idée du bleu, l'idée de ces incompatibles.

Avec le temps il s'était presque résigné à la progression du blanc sur la toile, laissant les couleurs altérées glisser des tableaux jusqu'à lui, et lui se laissant couler jusqu'au fleuve, sans en ressentir d'amertume, non, admettant sans lutter cet enchaînement qu'il savait ne pouvoir combattre.

D'où lui venait alors ce désir de stopper le mouvement de l'oubli, et d'en dégager ces formes obscurcies par ce qu'il avait pris pour du néant. D'où lui venait aussi le plaisir qu'il prenait cette nuit, morbide, à peindre ce long corps couché qui ne voulait rien lui donner, qu'il s'enfiévrait à écorcher et à vider, cherchant sous la peau blanche quelque chose par quoi il pourrait se souvenir.

Était-ce d'avoir compris, dans l'apparent détachement de cette femme, et dans la sourde angoisse qu'ainsi elle tentait de dissimuler, qu'ils avaient en commun certaines sensations du vide et des lourdeurs qui l'environnent, certains savoirs qu'il aurait autrefois acquis en passant par une autre femme, et qu'il aurait maintenant le sentiment de pouvoir retrouver par celle-ci. C'est peut-être à partir de là, de la perception d'une douleur connue, qu'il aura conçu le projet de savoir à nouveau, non pas ce qui pourrait remplir le vide, mais ce qu'était ce vide et ce qu'il excluait.

Il a dormi longtemps, d'un sommeil traversé d'images dont il ne lui reste au réveil que des fragments épars, mais qu'il sait revenus de là-bas. Et pendant qu'il essaie d'assembler les morceaux, il se demande encore s'il peut désormais exister des images d'ailleurs, si là-bas ne concentre pas tout ce qu'il y a d'images, malgré leurs contours imprécis, si là n'est pas le point de convergence de tout ce qu'à jamais il pourra dire ou faire.

Et puis il regarde la toile à la femme endormie achevée durant la nuit, et il voit que cette femme aussi revient d'un long voyage, comme une épave encore traînée dans le sillage de la femme du fleuve.

Il avait pourtant cru, quand les traits du visage s'étaient mis à lui échapper, que certains souvenirs s'éloignaient peu à peu, ou qu'on s'éloignait d'eux jusqu'où le regard se met à confondre, et que c'était là un mouvement que rien ne venait inverser. Il avait cru l'oubli proportionnel à certains éloignements, et cet oubli irréversible. Il n'avait pas pensé que l'entrelacement des eaux forme un réseau où l'on peut naviguer longtemps, que les membres y sont doués d'une mobilité qui modifie les pesanteurs, et que la femme un jour pouvait revenir jusqu'à lui par la voie de ce fleuve où il aimait se reposer.

Il n'avait pas imaginé qu'elle pouvait simplement s'être perdue, et maintenant qu'elle est là, il ne sait pas ce qu'il doit faire de cette image, s'il faut accepter sa présence et se laisser porter par elle jusqu'à ce que vienne le soulagement de la savoir tout près, presque vivante et presque chaude, ou si l'oubli total est ce à quoi il faudrait aspirer.

Une lumière tamisée filtre encore des fenêtres, là-haut, pendant que sur la ville le silence est tombé, et tout près des fenêtres, on peut voir la tête inclinée d'une femme dont la lourde chevelure, ramenée sur la gauche, tombe en mouvements complexes derrière lesquels se perd le profil droit et sage et qu'une ombre régulièrement traverse, traduisant en cela la lenteur, la circularité de la pensée. Car cet effort de l'immobilité a peu à peu plongé la femme dans un engourdissement où ses idées s'égarent, pour cependant toujours revenir à ce point d'où elles sont parties, à ces vagues propos sur l'oubli que lui a confiés l'homme dans un autre instant d'immobilité, lui disant qu'il ne retrouverait la paix que s'il pouvait ramener l'image à supprimer, redessiner les traits qui s'étaient dérobés à lui, il le savait maintenant, pour freiner le cours de l'oubli. Et puis il avait dit avoir trouvé ceci en elle, de quoi d'abord ramener l'image pour qu'elle soit libre après de s'en aller. Mais elle croit qu'il se trompe et que jamais il n'y arrivera, que le corps disparu se servira sans cesse des contrastes du sien pour se glisser dans les pensées de l'homme.

Mais tout cela n'a que peu d'importance, puisqu'on ne la paie pas pour penser, qu'on la paie pour s'asseoir ou se coucher, ou pour rester debout et ne rien dire.

Alors elle pose et elle se tait, si poser est le mot, puisque à peine il la voit, à peine la regarde, mais cela doit lui suffire, car il n'a pas quitté sa toile depuis des heures, n'a pas demandé qu'elle s'en aille ou tenté d'aller la rejoindre et de la prendre ainsi, au plus creux de son épuisement, quand elle n'aurait pu qu'acquiescer. Aussi elle aimerait bien savoir ce qui anime l'homme à ce point, quel détail ou quel inconnu jusque-là ignoré le pousse à cette fébrilité, comme si d'un geste à l'autre le détail allait s'échapper et l'entraîner dans sa disparition.

Mais elle ne saura pas ce soir, puisqu'on ne lui autorise que l'envers de la toile, gris, avec ses inscriptions en blanc que d'ici elle ne peut pas lire, et puisque l'homme, lorsqu'il aura fini, la laissera là pour s'en aller au fleuve chercher d'autres images qu'il refusera de lui montrer. Mais un jour il devra, car elle sait bien que pour arriver là où il voudrait l'amener, il n'aura d'autre choix que de lui faire passer ce fleuve.

Elle a fermé les yeux sur cette idée que l'homme l'entraînait vers le fleuve pour l'amener jusqu'à l'autre rive. Et puis l'idée s'est embrumée, comme le fleuve au matin, pendant que le bateau dérivait sur des eaux trompeuses, à travers des méandres imprévisibles où il ne pouvait accoster. Et puis le fleuve a envahi ses rives et la nuit est tombée, et il n'y a plus eu que cela, la nuit, portée par le bruit décroissant des vagues, et lorsqu'elle a rouvert les yeux elle était seule, l'homme au loin près du fleuve.

Il n'y avait plus là que la toile, son envers bordé de fines inscriptions, et autour la désolation des lieux qu'on a quittés après les avoir imprégnés de soi. Car il subsistait dans la pièce l'odeur de la fièvre de l'homme, le souvenir d'une agitation qui laissait autour de la toile un vide encombré de désordre. Et elle faisait partie de ce désordre, laissée là parmi les objets oubliés derrière soi. Alors elle s'est mise à flâner, à toucher les objets et à les déplacer, pour y mettre sa marque, s'extirper du désordre en le créant, et peut-être chasser le désœuvrement de l'attente. Puis elle s'est demandé pourquoi, puisqu'elle faisait partie du vide, elle ne regarderait pas la toile, voir ce qu'on pouvait faire de son image et ce qu'on pouvait en garder.

Mais sur la toile il n'y avait rien, sinon le blanc, un infini, a-t-elle pensé, de blanc, et du blanc sur le sol, et la palette immaculée... Sur le coup elle n'a pas compris, s'est mise à chercher le tableau ailleurs, jusqu'à se rendre compte que là était le portrait qu'on avait peint d'elle, que le vide autour de la toile n'était pas créé par son plein, mais qu'il émanait d'une absence. Et puis elle s'est imaginé l'horreur de l'égarement de l'homme, dont la volonté de fixer quelque passé ne pouvait aboutir qu'à ce blanc... Elle a compris qu'elle était cet aboutissement, ce vide, ce blanc, et elle a senti un léger frisson, rien d'autre, partir du bas de son échine et la paralyser, pendant qu'un mince écran de noir s'installait entre le tableau et elle.

Après elle est restée ainsi jusqu'à ce que tout soit noir, et elle est retournée à tâtons s'asseoir sur le rebord du lit.

C'est ainsi qu'il l'a retrouvée lorsqu'il est revenu de sa marche, assise sur le bord du lit, muette et pâle, défaite, et presque morte aurait-on dit, n'était le petit doigt de la main gauche, légèrement incurvé, qui caressait machinalement l'extérieur de la cuisse.

Il savait qu'il ne fallait pas qu'elle voie, qu'elle ne comprendrait pas et croirait que tout cela venait d'elle, l'obscénité des formes et des couleurs, l'étalement des rouges indécents. Mais il n'a pas cherché à s'expliquer, il s'est contenté de détruire la toile et a offert de la conduire chez elle. Il a dit je vais vous conduire chez vous puis il s'est arrêté, s'apercevant que ces deux mots, chez vous, ne pouvaient s'appliquer à cette femme arrivée de nulle part, sans passé et sans nom, vierge, malgré ou en vertu de cette douleur la poussant à la fuite en même temps qu'à la négation de ses motifs. Mais elle a répondu que non, et elle a attendu le jour pour quitter cet appartement.

Alors il l'a laissée partir, contrarié par la peur qu'elle ne lui revienne pas, et se demandant à la fois s'il ne valait pas mieux ainsi, si tout ne devait pas se passer simplement entre lui et cette femme arrivée par le fleuve, sans autre intermédiaire qu'une mince couche d'eau douce pour atténuer les formes et étancher les cris, et peut-être quelques couleurs jetées sur le blanc d'un nouveau tableau.

Il y a trois jours déjà que la toile à la femme endormie a été déchirée, et l'homme n'a pas encore osé sortir de son appartement, car il sait qu'invariablement ses pas le ramèneraient au fleuve et à celle qui s'y trouve. Et voilà qu'il a peur de ce que cette femme pourrait lui raconter, du souvenir des longues nuits d'été qu'elle doit traîner dans son demi-sommeil.

Il ne redoutait pas le fleuve jusqu'à maintenant, c'est-à-dire tant qu'il y avait près de lui l'autre femme, et l'écran de la toile sur laquelle il l'avait couchée pour pouvoir y jeter sa fureur, mais le calme soudain qui a suivi le bruit du tableau qu'on déchire l'a plongé dans l'horreur de la confrontation. Et voilà qu'il a peur... Alors il va et vient de la fenêtre au lit et du lit à la toile qui a remplacé l'autre, terne, d'une saleté qui bave et qui sèche sur le souvenir du blanc qu'il y a dessous.

Trois jours ainsi qu'il dort à peine, et il aimerait pouvoir fermer les yeux pour s'éveiller au bord de quelque mer où la pensée s'estomperait dans la limpidité des bleus, le froissement léger de l'écume et du sable, et les cris alanguis d'oiseaux grands et tranquilles. Il sait pourtant que de tels lieux n'existent pas, ne sont que nostalgiques réminiscences de quelque paradis perdu dans la bouche affamée d'une femme, et qu'il lui faudra tôt ou tard retourner vers le fleuve pour repêcher le corps et le ramener le long des rives, et refaire avec lui le voyage à l'envers jusqu'à la ville d'où il vient, là-bas, dans ce pays lointain dont il a oublié le nom.

Il a neigé durant la nuit, la première neige de la saison, et la ville qui s'éveille à peine n'a pas encore souillé ce blanc, pas encore effacé les pas de cet homme seul qui se dirigent vers le fleuve et qui s'arrêtent au ras de l'eau, plus sombre ce matin, d'un bleu virant au noir, étrangement, comme s'il venait de l'absorption du blanc.

L'homme a aussi entrecoupé sa marche car les pas en certains endroits se font plus larges, plus profonds, mais nulle part il ne s'est assis, peut-être à cause du grelottement qui l'a saisi quand il a aperçu la tristesse du fleuve, et qu'un long corps de femme étonné par le froid a fait quelques instants frémir l'eau lente, pareil à ces reflets qu'on voit trembler sous la surface lorsqu'on y penche son visage, et qui s'en vont peut-être, on ne saura jamais, dès qu'on s'éloigne de la berge.

Il avait mis longtemps avant de se résoudre à revenir par ici, et cette neige l'a sûrement aidé, le calme du blanc sur la nuit, car soudain il a eu besoin d'air, et de l'apaisement du fleuve, de l'idée que l'on peut s'y coucher et se laisser porter jusqu'au repos.

Alors il est allé marcher le long des rives, jusque loin de la ville, là où celle-ci n'existe plus qu'à travers ses bruits assourdis. Puis il l'a oubliée, pendant qu'apparaissait dans le brouillard d'hiver l'image d'une autre ville, au loin, qu'il ne pouvait situer, une ville égarée, tel un navire à la dérive que porteraient les eaux de mer en mer, les vents de cime en cime, l'abandonnant parfois sur un rivage, une pente incertaine, et puis le reprenant sans se soucier de qui serait à bord, de qui ne saurait plus la langue qu'on parle alentour.

C'est dans cette ville un jour qu'il s'était échoué — mais fallait-il seulement parler d'un échouement,ou bien du terme inévitable d'un absurde voyage —, et qu'il avait connu la femme, et qu'il avait quitté la femme, et d'où après la femme il était reparti. Mais c'est probablement la ville qui l'avait laissé là, avait doucement glissé de sa pente sableuse alors qu'il lui tournait le dos, et s'était en allée pendant qu'il marchait vers la gare, appelé par le grincement des trains qui déchirent les longues nuits des villes.

Mais aujourd'hui tout était là, ou presque, la ville avait rejoint la femme qui l'avait rejoint. Il ne manquait plus rien que quelques couleurs chaudes sur ce décor en noir et blanc, que le nom de ces choses... la ville, le fleuve... et que le visage et la voix de la femme aujourd'hui muette.

Il ne l'avait pourtant pas tuée, il l'avait simplement aidée à entreprendre le voyage dont elle lui parlait tant... fonds de corail et d'algues colorées. Et il n'avait rien fait, une faible pression sur le corps qui malgré son épuisement va se débattre encore, l'eau qui s'agite un peu, la barque qui s'incline, et puis l'eau qui se lisse, la pluie qui tombe tiède. Rien... Pas le moindre murmure et pas le moindre bruit. L'étourdissant silence, le calme à rendre fou, et le corps parcouru de spasmes de celui qui reste, plongeant à la recherche de l'autre immergé, et ne le trouvant plus, l'autre déjà parti.

Alors la barque qui revient au bord, s'accroche d'elle-même au rivage, poussée par les vagues et le vent qui se lève, l'automne qui sans transition s'annonce.

C'est de là que devait venir le cri qu'il entendait parfois au fleuve, du fond d'un atroce silence, et puis de la fraîcheur venue trop tard, du vent qui aurait trop longtemps attendu.

Elle avait dit partir avec la pluie, voilà ce qu'il faudrait, cesser de l'attendre toujours, d'espérer ce mensonge qui ne dure jamais. Alors il avait attendu la pluie, le signal de la femme, et ils étaient partis, celle-ci en direction du nord, et lui à la dérive.

La neige est repartie et on ne peut plus s'y fier pour suivre les détours de l'homme lorsqu'il descend au fleuve. C'est pourquoi on surveille ses allées et venues, et on voit qu'il y va toujours seul, mais depuis quelques jours quelqu'un semble le suivre, une femme enveloppée d'un large imperméable noir.

Il ne voit toutefois pas cette femme, ne regarde jamais derrière lui, mais sans doute a-t-il deviné qu'on le suivait, car depuis qu'elle est là il interrompt parfois sa marche, le temps de lui laisser reprendre un peu son souffle. Probablement sait-elle aussi que cela est pour elle, car elle ne profite pas de ces arrêts pour essayer de s'approcher. Ils respectent entre eux un écart qui ne varie pas, et lorsqu'ils sont rendus au fleuve, la femme va se poster un peu plus loin. Puis elle attend à cet endroit pendant que l'homme en bas regarde passer les bateaux, ou seulement l'eau du fleuve, lorsque tous les bateaux sont passés, les feuilles mortes emportées par le vent. Quand il a assez vu il se relève le dos courbé, sans regarder la femme, bien qu'il la sache là, et il retourne à son appartement, alors qu'elle va on ne sait où.

Ce soir pourtant elle l'a suivi jusqu'au coin de sa rue, puis elle a attendu qu'en haut les lumières s'allument, et que sa silhouette apparaisse aux fenêtres éclairées. Elle devait avoir des choses à lui dire, croit-on, ou à lui faire comprendre. Il n'y a qu'à s'imaginer tout ce qu'on peut dire ainsi, debout sous la lueur d'un réverbère, enfermé dans ce faisceau pâle qui n'atteint même pas les fenêtres regardées, quand il fait froid dehors et que l'autre a le choix d'entendre ou d'ignorer. Des choses qui parlent peut-être d'un certain ennui, ou encore d'esseulement, du désir de savoir le sien près de celui de l'autre. Des mots qui ne disent pas qu'on a compris, seulement qu'on aurait senti quelque lien.

On ne sait pas ce que l'homme a entendu, ni tout ce qu'il a déduit du geste hasardé par la femme, de ce qu'elle y cachait malgré l'apparente modestie de la posture, mais il a fait un léger signe, un mouvement de la bouche, et elle est montée le trouver.

Ils sont assis dans la grande pièce servant d'appartement et d'atelier à l'homme, la femme à côté des fenêtres, sur le lit où un soir elle a dû s'endormir, et lui au centre de l'espace, près de la petite table où sont étalées les couleurs.

Ils sont restés ainsi presque toute la nuit, à bavarder ou à se taire, trompés par la durée des heures qu'ils auraient espérées plus courtes.

Elle est venue pour dire qu'elle savait que le fleuve, que tout venait de là, et qu'elle comprenait ce genre de hantise. Mais peut-être a-t-elle employé le mot folie, ou le mot obsession, sans toutefois insister sur la lourdeur de ce dernier, appesanti de sa proximité avec l'obscurité, l'obscénité, avec ce qui se cache ou qu'il nous faut cacher. Ensuite elle aurait dit qu'elle ne le suivrait plus.

Et il l'a laissée dire ce qu'elle avait à dire. Après il est allé chercher un coffret de fer-blanc qu'il lui a demandé d'ouvrir. Dedans il y avait des photographies, au fond des grains de sable, et puis un parfum insistant qui avait imprégné la boîte.

Il y avait plusieurs jours qu'il songeait à cette boîte, sans oser y toucher, mais quand il a vu que la femme était en bas, il a pensé qu'elle revenait pour cela, pour le décharger du fardeau d'avoir à l'explorer lui-même. C'est alors qu'il l'a fait monter, se disant qu'il pourrait retrouver le parfum oublié en passant par les mains d'une femme.

C'est ce qu'il lui dit à l'instant, qu'il aimerait qu'elle lui serve encore d'intermédiaire, lui raconte autrement le contenu de cette boîte qu'il redoutait d'ouvrir, craignant les possibles contradictions entre toutes ces images et le peu qu'il lui en restait. Il lui dit tout est là, dans ces images et ce parfum.

Or elle ne sait que faire des photos qui sont là et qui ne lui appartiennent pas. Il lui dit qu'il n'y a rien à faire, qu'il faut sentir et regarder et puis toucher avec ses mains, essayer de comprendre ainsi. Mais elle répond que ce qu'elle a compris suffit, que ce qui vient avant ou après cela ne la concerne pas. Cependant l'homme insiste, dit qu'il ne la croit pas et qu'il ne fallait pas le suivre au fleuve si elle ne voulait pas savoir ce qu'il y avait dessous.

Alors elle ne proteste plus et touche, effleure et prend, retourne, malgré qu'elle sente une forme d'indécence à se prêter à cela, et qu'elle ne saisisse pas ce qu'on peut éprouver à toucher des objets faits pour l'œil. Elle le fait malgré cela, pour celui qui se tient devant elle et qu'elle n'aurait pas dû accompagner au fleuve, et qui ne l'a pas crue quand elle a dit qu'elle ne le suivrait plus : elle touche, la femme, elle sent, s'imprègne du parfum.

Plus tard il lui dira de refermer la boîte et de la mettre loin, puis il ira vers elle, vers ses deux mains posées sur ses genoux, prendra ces mains inertes dans les siennes rugueuses, en léchera la peau moite, en humera le parfum jusqu'à l'étourdissement, jusqu'à ce qu'une autre femme surgisse à travers son vertige, et que la femme assise ferme doucement les yeux au milieu des gémissements presque heureux de l'homme à demi fou.

Du brouillard fin du fleuve qui sent l'algue et le poisson mort, se dégage aujourd'hui un parfum triste et doux qui ne s'en ira plus. Le parfum des nuits de là-bas, dit l'homme, et il revoit la nuit, en ressent la chaleur jusqu'à l'hiver d'ici.

Ce devait être en août, croit-il, tout cela ne pouvait se passer que dans la moiteur d'août, là-bas, sa lenteur jaunissante. Le parfum l'avait d'abord effleuré, ou peut-être avait-il en premier lieu perçu les pas... Il ne se rappelle plus, ce qui du parfum ou des pas, lui avait fait tourner la tête. Mais ce n'était ni l'une ni l'autre chose, en fait, plutôt leur conjonction, leur exacte coïncidence... les pas qui laissent derrière eux l'odeur, et qui ne se perçoivent qu'à travers elle, à ce moment précis où naît l'idée d'un souvenir trop vague pour qu'on soupçonne d'où il nous vient, si ce n'est de l'odeur qui passe.

Pourtant ce sont des choses qui ne passent pas vraiment, qui sont toujours passées lorsqu'on voudrait s'en emparer, déjà, et ne peuvent exister qu'en cela. D'où l'urgence inutile, le besoin d'approcher alors ce qui ne peut se rattraper, mais qu'on ne sait pas encore tel, dont on ne perçoit pour l'instant que ce mouvement qui tend à le faire s'éloigner trop vite.

Ce devait être en août, à cause de la stagnation du parfum, et de sa dispersion pendant qu'il marchait derrière elle. Juillet aurait restitué le plein parfum, alors qu'août savait le décomposer, suspendre les essences les plus fines au-dessus des plus lourdes.

Non... tout cela n'aurait jamais eu lieu si on n'avait été en août, et il n'aurait jamais appris son nom, celui qu'on lui donnait, Léna, un nom de femme absente et naïvement lascive, cachant derrière l'apparente légèreté de sa maigreur les lourdeurs d'une imperceptible volupté. Un nom tronqué, Léna, et contenant malgré cela dans sa sonorité les promesses impossibles confiées au féminin.

Non... jamais il n'aurait su le nom, qu'elle ne supportait plus la chaleur du pays, et qu'elle rêvait la nuit d'un bateau qui l'amènerait loin, très loin, jusqu'où elle ne pouvait imaginer.

Il n'aurait pas connu le nom, Léna, ni l'odeur de ce nom.

Il fera bientôt nuit et la femme est au rendez-vous, le coffret de fer-blanc à ses pieds. L'homme lui demande de le rouvrir et de faire comme le soir d'avant, de prendre et de sentir, et puis de regarder. Il lui dit cela d'une voix très basse, où certains mots se perdent dans le bruit de la pluie glacée qui martèle les vitres, et rend sa voix encore plus grave, presque chaude, comme s'il y avait entre la femme et lui une intimité déjà vieille.

Ce climat la rassure, détend ses membres un peu crispés du fait d'avoir eu froid alors qu'elle marchait sous la pluie de décembre pour venir jusqu'ici. Mais au moins elle ne tremble plus devant l'étrange parfum qui l'envahit encore lorsqu'elle ouvre la boîte. Alors elle sort les photos une à une et les dispose sur ses genoux, se répétant qu'elle finira peut-être par comprendre ce que le parfum porte en lui à travers ces images.

Puis il lui dit de choisir une photographie, celle qu'il lui plaira, et de lui en décrire l'image. Elle choisit la première, autrement elle ne saurait pas, et elle dit qu'on y aperçoit un homme et une femme, de dos, si bien qu'on ne peut voir leurs visages. Ils sont dans un boudoir, croit-elle, un intérieur, la nuit, et regardent dehors par une large fenêtre ouverte sur un jardin, un parc, c'est-à-dire un espace non obstrué par d'autres maisons ou lumières. L'homme est grand, dit-elle, à peu près aussi grand que vous, et il porte un habit de soirée. — Ils se disent encore vous, se le diront toujours, ils préfèrent ainsi, maintenir la distance, éviter la banalité des fausses familiarités.

La femme, poursuit-elle, serait plutôt petite, mais peut-être est-ce une impression renforcée par la taille de celui qui se tient tout près d'elle. Un homme grand, je l'ai dit, peut-être même trop grand, car on voit qu'il s'incline un peu pour tenter d'amoindrir la différence. Ce faisant il ne peut toutefois que nous la désigner. Et puis elle regrette aussitôt d'avoir dit cela ainsi, d'avoir dit que la taille de cet homme lui semblait un défaut qu'il fallait atténuer par la posture, car elle a remarqué que l'homme assis au centre de la pièce voûte aussi les épaules lorsqu'il se tient debout.

Mais celui-ci n'a pas relevé ce commentaire, il est déjà au loin, il est déjà là-bas, dans le boudoir fané d'une vieille villa, avec devant lui une femme au corps maigre, mais pas d'une maigreur naturelle, plutôt provoquée par la maladie, l'ennui, par le désir de voir ce corps s'en aller peu à peu, s'amenuiser jusqu'à la presque transparence. Elle a les cheveux courts, aussi, et l'on voit sur sa nuque la marque des ciseaux dans la ligne inégale qui la rend encore plus fragile, plus blanche, mais d'une blancheur de même nature que la maigreur, poussée par l'exigence.

Puis il dit que c'était à cause de la chaleur, tout cela, et la femme qui ne comprend pas demande de quoi il parle. Il répète les cheveux coupés court, c'était à cause de la chaleur, de la nervosité que cela occasionne. Puis il se tait encore et attend que la femme poursuive. Mais celle-ci a tout dit, du moins tout ce qui semble utile : qu'ils sont deux, la nuit, et qu'on ne voit pas leurs visages.

Elle croit qu'il faut remettre la photographie dans le coffret puisque l'homme est sorti de son mutisme.

Mais celui-ci apercevant son geste crie qu'elle n'a pas fini et qu'il ne faut rien lui cacher, qu'elle doit lui parler d'eux et de la pièce où ils se trouvent, et de la nuit qu'on voit dehors, de tout, qu'il faut épuiser cette image jusqu'à ce qu'elle perde ses couleurs, que la nuit entre dans la pièce et recouvre ce couple qui se tient si près d'elle. Et puis il redevient plus calme, reprend sa position d'attente, mais la rage a laissé sur sa peau des marques plus foncées, et au coin de la bouche un pli accentué par la pénombre.

Alors elle ressort la photographie, malgré la rage et la fatigue, et malgré l'incompréhension. Cependant elle n'élèvera pas la voix, elle craint trop ces excès venant d'elle. C'est toujours ce qu'elle craint, en fait, devant les cris d'un autre, le son amplifié de sa propre voix, la possibilité de sa propre violence. Aussi elle va tout simplement chercher ce qu'on peut dire encore devant cette photo silencieuse, et puis le tremblement va s'en aller, la couleur de la peau de l'homme va retrouver son uniformité.

Elle dit je crois qu'ils ne se savaient pas photographiés, pas même regardés, à cause de leur immobilité, que l'on sent antérieure à la photographie. Je crois qu'ils devaient se parler, mais avec des mots brefs, et que ces mots devaient se rapporter à ce qu'il y a devant : la nuit.

On sent aussi que l'homme s'apprêtait à mettre son bras sur les épaules de la jeune femme lorsqu'on les a photographiés — on... elle ne saurait dire qui, ni le déduire de leur indifférence. Je ne pourrais toutefois justifier cette impression. Elle doit venir de la nudité des épaules, et de ce que le bras droit de l'homme se casse légèrement, dans l'ébauche à peine dessinée d'un déplacement qui le ferait progresser le long du dos pour ainsi gagner les épaules.

L'homme lui demande alors la robe, parlez-moi de la robe qu'elle porte. Elle dit c'est une robe du soir, courte, sans manches. Une fine bretelle qui s'accroche au tissu par un bouton doré traverse les épaules. Celui-ci est d'un blanc qui renvoie le reflet des lumières, un tissu qu'on dirait moiré. On ne voit toutefois pas les lumières que cette robe reflète, mais on devine qu'il y a une lampe, à gauche, qui devait être dans le style de la pièce, d'un faste un peu vieilli.

Quant à la nuit je ne peux que vous en répéter le noir. À part ce noir on n'y voit rien, sinon ce que j'ai expliqué tantôt, une absence d'obstacle, et quant à ce qu'on pourrait y percevoir, y entendre ou encore y sentir, je ne sais pas, je ne connais pas ce lieu ni même la ville où la maison se trouve, ni le pays ni rien. Peut-être y entend-on le sifflement des trains, ou la mer ou le vent, sinon le bruit de la circulation, le chant des oiseaux égarés... Et alors elle s'arrête, nerveuse, épuisée par elle ne sait quoi, par la rigidité de l'homme, peut-être, ou par l'intransigeance de son écoute, la distance qu'il installe entre elle et lui et qu'il demeure le seul autorisé à rompre, n'allant vers elle qu'en ces moments où il doit tâter de la chair de femme pour raviver certains désirs dont il semble soudain douter. Elle s'arrête et tend la photographie vers lui.

Mais il n'en a aucun besoin. Il sait ce que contient la nuit qu'on voit à la fenêtre et ce qu'on y entend. Il connaît ces noirceurs profondes et tous les sons qui les traversent, et toutes leurs odeurs. Il sait et cela est assez, la femme peut se coucher et s'endormir paisible, ce soir il ne la touchera pas.

Il se revoit là-bas, quelque part dans la ville et près d'elle, posant doucement la main sur l'épaule immobile et chaude, dont il peut sentir encore aujourd'hui l'agréable moiteur.

Il se souvient du contraste observé alors entre la blancheur de l'épaule et le relief sombre de la main. On aurait dit une tache qui faisait soupçonner toute la distance, l'impossible compréhension de la peau blanche par cette autre trop brune. De là peut-être la fascination et le désir, plus tard, d'étendre la tache à la peau tout entière, que le blanc devienne accessible à travers la souillure.

Il se rappelle aussi l'incroyable douceur, le frisson ressenti au contact du lisse, l'étonnement de la main rude qui ne peut résister à l'envie de toucher encore, qui va dessiner l'épaule et ses courbes, la première la reliant au cou, tendre, et l'autre amorçant la rondeur du bras, pleine. Il sait que la femme avait tressailli quand les doigts avaient effleuré le cou, mais qu'elle n'avait rien dit, avait laissé les doigts connaître, repérer les points vulnérables à la douleur ou au plaisir.

Il se demande d'où lui était venue l'audace à ce moment. Peut-être était-ce le détachement convenu de la femme à côté, qui sans attendre cela savait que ce geste viendrait, que tôt ou tard l'homme et la main se rapprocheraient, iraient tâter l'épaule, et puis doucement le cou, dans l'attente ou l'espoir du reste. Il ne sait mais la main, irrésistiblement, s'était dirigée vers l'épaule, et après vers le cou, dont le frémissement léger avait fait naître en lui plus qu'un simple désir de toucher, mais un désir de prendre, de prendre et d'arracher, que cela ne soit jamais qu'à soi, ce blanc, et que personne n'en soupçonne la douceur.

Peut-être avait-il ressenti alors le besoin de toucher le parfum que l'on supposait là, dans la région du cou, accessible seulement par l'épaule, et d'imprégner ses doigts de cette odeur propre à la femme, pour le rêve, plus tard, enfermé dans sa chambre sombre, et pour le corps qui s'exciterait de ce parfum, le seul, peut-être, que cette femme accepterait jamais de lui offrir. Il n'y avait aucun mal à cela, puisque l'épaule se donnait à prendre, presque aussi dénudée que sur cette photo racontée hier, où l'on devinait qu'un geste identique allait venir. Il n'avait pourtant pas osé glisser son doigt sous la bretelle lâche, de peur qu'elle tombe le long du bras et qu'il ne lui soit plus possible de retenir ce besoin d'aller mordre la chair.

Il se souvient qu'elle portait ce soir-là un vêtement fait pour les journées d'été, sans manches, blanc. Elle ne portait que cela, du blanc, à cause de la chaleur, et c'est aussi pour cela que sa peau était pâle, parce qu'elle ne sortait que la nuit, quand aucune lumière ne brusque ni ne choque, que la chaleur se fixe, et qu'on peut exposer sa peau au vent qui peut-être viendra.

C'est ce qu'on voyait entre autres dans la nuit de là-bas, ce blanc qui s'abreuvait de noir, et l'on y entendait des pas recouverts de bruits d'eau, et des voix basses et lasses, et le hurlement des bateaux.

Maintenant il dort, et du rêve impossible où il s'agite surgit le nom d'une femme. Léna, oui, c'est bien le nom qu'entend la femme qu'un cri a réveillée au milieu de la nuit. C'est la première fois qu'elle entend ce nom, mais elle comprend immédiatement que Léna est la femme en blanc, celle qui tourne le dos au photographe dans ce boudoir étroit, mais aussi sur les autres photos, toujours faites de nuit.

Elle prononce tout bas Léna... Léna est cette femme regardant la nuit, comme s'il n'y avait rien d'autre à dire. Et elle croit en effet que Léna se résume à cela, à ce regard porté sur la nuit chaude et au parfum fané qui s'est échappé de la boîte hier. Elle peut donc deviner à ces choses, à l'attitude et au parfum, et à la blancheur qu'on concède au nom, d'où provient la révolte de l'homme qui s'étrangle du mot Léna.

Elle reprend la photographie restée sur le divan et ne regarde pas la femme, cette fois, mais celui qui voudrait la toucher. Elle n'a pas voulu demander à l'homme si c'était lui qu'on voyait là ou s'il s'agissait d'un autre homme, plus robuste et plus jeune.

Elle croit qu'il peut s'agir de lui, mais il y aurait de cela longtemps, juste avant qu'on le dise vieux, et qu'il devait aimer l'été, on le voit à sa peau bronzée.

Aujourd'hui il est pâle, on dirait plutôt blanc, malade, d'un mal qu'il aurait attrapé dans quelque pays chaud contre lequel il n'était pas armé.

Mais ce ne sont là que des suppositions, car tout ce qu'elle sait de cet homme c'est qu'il aime regarder couler le fleuve, et qu'il aurait connu quelqu'un, il doit y avoir de cela longtemps, qu'on appelait Léna, une femme dont il lui arriverait de prononcer le nom, la nuit, comme s'il espérait qu'elle réponde.

Elle sait pourtant que Léna ne répondra plus, les cris de l'homme en sont la preuve. Et malgré cela Léna est là, à travers le parfum et les cris, revenue pour ne plus repartir. Elle sait et s'en veut de n'avoir pas laissé cet homme à sa hantise, de s'être interposée entre le fleuve et lui, alors qu'elle désirait seulement que lui soient épargnées quelques nuits. C'est pour cela qu'elle venait ici, pour la chaleur et pour l'oubli, mais c'était compter sans Léna, sa nuit, et sans le désir qu'elle aurait soudain de connaître ce noir.

L'appartement est vide. C'est-à-dire que depuis plusieurs jours on n'y a pas vu l'homme, parti on ne sait où. On sait pourtant qu'il reviendra, car là, aux fenêtres du quatrième étage, une lampe est restée allumée.

On le croyait d'abord quelque part près du fleuve, mais le vent de décembre a fait se déserter ses rives, et on ne l'y a pas aperçu, malgré qu'on le sache insensible à ces froids du large.

On y a seulement vu la femme, celle qui le suivait tous les soirs et qui doit aujourd'hui l'attendre. Elle arrive avant la noirceur et regarde le fleuve comme si elle cherchait à comprendre, et puis elle s'assoit là où l'homme s'assoyait, en ramenant ses genoux sous les pans de son grand imperméable. Elle reste à cet endroit et dans cette attitude jusqu'à ne plus être capable de supporter le vent qui s'engouffre sous son manteau, puis alors elle repart, et on la voit réapparaître à l'heure où les néons s'allument, en bas de l'immeuble de l'homme. Elle s'appuie contre un mur, juste au coin de la rue, et elle regarde en face, en espérant probablement qu'une ombre apparaisse aux fenêtres, et qu'une main l'invite à venir se chauffer. Elle sait pourtant que la porte est ouverte et qu'elle pourrait monter et se coucher sur le grand lit, attendre l'homme à la chaleur et veiller à ce que la lumière ne s'éteigne pas en son absence.

Mais elle préfère attendre, l'appartement sans lui maintenant l'effraie, et elle se dit qu'il ne peut pas tarder, qu'il doit se promener par les rues de la ville, errer de café en bistrot et de bistrot en gare, à la recherche d'un peu de repos, et qu'il retournera là-haut dès qu'il se croira sur le point d'oublier le parfum, c'est-à-dire dès que cette menace lui semblera plus effrayante que l'envahissement de l'odeur, et qu'alors il lui demandera, à elle, de lui parler de ce parfum et de la femme qui le portait.

Elle essaie de ne pas penser que l'homme a peut-être quitté la ville, s'est peut-être en allé pour ce pays lointain où il avait échoué un jour sans savoir qu'il allait trouver à cet endroit ce qu'il nommerait après le bout du monde, avec son infini de bleu, à perte de raison et à perte d'images.

Elle ignore où il est allé, mais elle sait qu'il doit revenir, ne peut faire autrement, car une lampe là-haut est restée allumée...

Quelque part dans la ville, isolé dans l'obscurité d'une chambre à mille autres semblables, un homme, en rien différent des autres hommes, est assis sur un lit. Il a baissé les stores, éteint toutes les lumières, et il demeure là à fixer quelque souvenir qui dans son abattement s'éloigne, s'embrume, se mêle aux pensées vides que des objets banals suscitent en son esprit : un carton déchiré sur le sol, le verrou sur la porte, le papier à motifs bleus et blancs qui encadre cette porte. Il se perd dans l'idée de ces objets sans faire l'effort de réfléchir, laissant seulement affleurer les images, et ces images s'associer, se fondre, le bleu du papier peint s'étaler dans l'espace et rejoindre une couleur issue de l'idée qui se voile, la couleur d'un regard étrangement pâle dont il s'était souvenu un soir, et auquel il avait aussitôt espéré se soustraire.

C'est pour cela qu'il était parti et qu'il se trouvait là, dans cette chambre aux fenêtres closes où rien ne pourrait pénétrer de l'extérieur, parce qu'il s'était souvenu et qu'il avait eu peur que ce bleu ne s'écoule des paupières à jamais fermées, qu'il ne s'étale au fleuve et à la nouvelle toile qu'il préférait salie, brouillée des vapeurs d'un été confondues depuis peu avec les orangés d'un automne en allé. Et pourtant le bleu était là, inéluctable en sa violence.

Il avait mis longtemps avant d'en saisir toute la crudité, trop occupé du blanc de la peau de Léna, sur laquelle il tentait d'imaginer les possibles colorations du jour, et les traces des nuits haletantes où il aurait voulu entraîner ce corps frêle, y voir le sang venir jusqu'à la peau trop blanche, en taches roses et rougies qui seraient apparues sur les ailes du nez, le front, la gorge.

Et un jour elle avait parlé du bout du monde, du bleu qu'il y avait après cela, un abîme de bleu lavé, sans failles et sans aspérités, tranchant sur le vert derrière soi, le bleu sombre des arbres et le gris des rochers.

Du bleu à rendre fou, folle, lui avait dit cette femme, et il avait compris l'ennui d'une telle étendue, le vertige à l'idée de ce vide et de l'irrévocable image d'une très lente éternité, scandée par le toujours-jamais des cauchemars de l'enfance. Il avait deviné qu'elle s'était rendue là, jusqu'aux frontières de cet ennui, et que de là elle avait rapporté ce bleu, où il n'avait perçu avant que le reflet des eaux où elle aimait à se baigner.

C'est cela qu'elle devait fuir la nuit, ce froid logé dans son œil rendu presque aveugle, et le chaud de l'été sur son corps au bord du frisson.

Elle aimait pourtant certains bleus, ceux de la pluie et ceux des eaux dormantes, mais jamais ceux du ciel, à moins qu'ils n'annoncent le gris, l'assombrissement des eaux courantes. Elle aimait la dureté de certains gris quand ils se mélangeaient aux bleus, et la douceur des bleus qui surgissaient alors des gris. Des teintes animées du pouvoir étrange d'être tendres ou violentes selon les heures et selon le vouloir du temps, alors que les autres couleurs ne savaient pas rejoindre seules les mêmes extrémités. Des couleurs solitaires, disait-elle, et qui n'ont pas besoin des autres.

Il avait mis longtemps à percevoir tout cela, ces errements de l'humeur en fonction de la densité des atmosphères, et ce bleu par ailleurs inaltérable imprimé sur le blanc de l'œil, cette profondeur ouverte en elle, ce vide, au fond duquel elle se laisserait sombrer un jour, avant que la pluie vienne, en passant par les infinies nuances d'autres eaux qui glissaient, leurs mouvances incessantes.

Il est déjà revenu, d'autres diraient enfin, mais lui a perdu cette idée du déjà, du temps qu'on mesure fuyant ou lent. Il le laisse passer comme il laisse passer le fleuve, toujours même et pareil, traversé encore et encore d'images identiques, femmes couchées et pâles, désormais recouvertes de cette ombre bleutée écoulée des yeux clos de Léna.

Mais il ne dit rien de tout cela à la femme qui l'écoute attentivement du fond de l'atelier, il ne parle pas de cette froideur qui tue, même au cœur des plus languissants étés, du contraste de l'œil et du visage exsangue, de cette sensation de rupture entre le monde et soi. Il essaie de lui raconter là-bas, la ville avant le bleu et avant le départ de Léna. Car ce soir c'est lui qui raconte, pour ensevelir peut-être, dans le bruit de sa voix, le souvenir de cette autre voix revenue à sa mémoire.

Elle lui demande alors de lui parler de la maison, de ce boudoir d'où l'on peut regarder la nuit. Elle veut profiter de ce bref renversement des rôles, qui les ramène à des positions plus logiques en apparence, pour poser des questions sur les photos. Cela pourra peut-être le retenir, l'empêcher de partir encore. Elle n'a cependant pas mentionné son absence, a fait comme s'il n'avait jamais quitté l'appartement, et que n'existait pas dans leur histoire cette ellipse trop longue qui avait augmenté l'espace entre la chaise où il s'assoit et le lit au matelas incurvé. Elle en a décidé ainsi. Il n'y aura maintenant plus entre eux que des hiers et des demains, avec des jours plus longs que certains autres, semblables à de tristes dimanches où l'on aurait rêvé longtemps.

Elle se dit cela pendant que l'autre lui répond que c'était une grande maison, où l'on pouvait se perdre et ne jamais se retrouver. C'était la maison de cette femme, dit-il, Léna, c'est le nom que nous lui donnerons, mais celle-ci n'y était jamais seule, il y avait toujours là un homme de passage dont on devinait l'ombre derrière les volets clos, ou qu'on apercevait aux fenêtres ouvertes quand Léna voulait que la nuit pénètre la maison.

Et puis il marque un court arrêt pendant lequel elle se demande s'il s'est arrêté sur la nuit, ou s'il pense à Léna et à ces voyageurs qui se succédaient aux fenêtres. C'est ce à quoi elle pense, elle, à ces hommes en voyage, et elle voudrait savoir si celui qui se tient près de Léna dans le boudoir fané était l'un de ceux-là.

Mais il répond qu'il ne sait pas, qu'il lui faudrait voir son visage et voir d'où il arrive, et ce disant il ment, car il sait d'où cet homme arrive et où il s'en ira. Mais il ne tient pas à parler de cela, pas encore et peut-être jamais, allègue qu'il ne connaît pas cet homme et ne l'a jamais vu, qu'il a trouvé cette photo dans la boîte et n'en sait pas plus long. Ils en resteront donc là pour le moment, à la version de l'inconnu qui se serait introduit dans l'image.

Puis il lui parle encore de la maison, des images accrochées aux murs et servant de prétexte aux histoires racontées par Léna, des étroits couloirs borgnes, du jardin laissé en broussaille, des alcôves imprévues où se refermaient les espaces. Il décrit ces lieux déformés par les inévitables prolongements de la mémoire, par le déplacement des tracés, la modification des configurations sous le coup d'impressions tenaces servant à redonner aux lieux leurs justes dimensions. Il dédit et se contredit dans la logique du souvenir, puis se perd dans la bizarrerie de cette architecture, au détour des longs corridors, pour enfin revenir au boudoir et aller s'accouder à la large fenêtre. Et là il ne parlera plus, il va plutôt penser au fleuve qui bientôt charriera ses glaces, à l'hiver qui s'avance, décembre qui court sur janvier, aux rigueurs incompréhensibles des climats contrariés, et peut-être au printemps, qui sait, à la fonte des glaces.

Il sait pourtant qu'au printemps succède l'été, c'est-à-dire la chaleur, l'excessive lumière, le silence affolant des midis, tout cela qui tuait Léna et qui le tuera lui aussi, rien qu'à la pensée d'elle, de sa voix affaiblie qu'il fallait aller chercher près du souffle, parfois, inquiétée par le moindre inconnu, de sa voix s'effaçant et effaçant la fin de ces histoires qu'elle aimait à vous raconter.

Car c'étaient des histoires qui ne se terminaient jamais et qu'elle reprenait au hasard, n'importe où la menait la nuit, pourvu que cela soit loin. Des histoires d'avant elle, quand la terre n'était qu'un long plan horizontal, une plaine sans fin dont les extrémités se dérobaient, mais au bout de laquelle il y avait ce fossé, ce trou, où s'engloutissaient les navires et où tombaient les fleuves.

Hier elle n'est pas retournée chez elle, c'est-à-dire dans ce lieu où pour nous elle n'existe pas, qui peut-être n'existe pas, mais c'est l'homme qui cette fois a voulu qu'elle reste là-haut, et qu'elle lui parle encore des photos étalées sur le lit, pour lui faire oublier ce bleu qui a recouvert peu à peu l'espace nu de la toile.

Elle ne voit pourtant pas le bleu, ne perçoit que le blanc, mais elle ne contrarie pas l'homme et lui dit que ce bleu en effet est glacial, qu'il faudrait y poser du gris, et peut-être du jaune, oui, elle essaie de lui proposer le jaune. Mais il lui répond aussitôt qu'on ne marie pas ce bleu avec du jaune, et qu'elle devrait le voir, ou bien alors se taire, qu'il la paie pour qu'elle lui renvoie les couleurs qu'il choisit, lui, pas elle.

Alors elle ne mentionnera plus le jaune, ni le fait qu'il ne la paie plus et que cela lui est égal, qu'elle reste là pour elle, et pour lui raconter les histoires qu'il lui dicte, tâcher de découvrir ce qui l'attache à lui et la fait se soumettre à son vouloir, ce qui la pousse à se plier ainsi aux injonctions de ses incertitudes.

Peut-être est-ce l'intuition que ces lieux vers lesquels il la dirige ne lui sont pas tout à fait inconnus, non plus que ceux qui les habitent. À moins que son asservissement ne tienne à ce qui les distingue, l'homme et elle, au pouvoir qu'ont pour lui les images, c'est-à-dire à cet autre asservissement engendré par la survivance de quelques instants morts. Elle ne sait pas encore, non, pourquoi elle reste ici et pourquoi elle lui obéit. Pourtant elle fait ce qu'il demande lorsqu'il dit reprenez la photo du boudoir et recommencez-là, mais cette fois mettez-y le parfum, et mettez-y du son, une musique douce qui viendrait du hors-champ, d'un lieu de la maison que vous inventerez.

Elle reprend ainsi la photo pour la énième fois, et essaie d'y entendre et d'y voir ce que l'homme voudrait. Elle dit c'est en été, la nuit, dans un petit boudoir faiblement éclairé. On devine l'été à la fenêtre ouverte, et au parfum léger qui pénètre la pièce, une odeur de lilas, je crois, on est donc au début de l'été.

Un homme et une femme sont là, en vêtements de soirée, qui nous parlent aussi de l'été. La robe de la femme, surtout, qui est courte et sans manches, et qui dénude les épaules et la maigreur du dos. La couleur de la peau suggérerait pourtant l'hiver, mais il faut se rappeler que c'est la fin de juin. Quant à la peau de l'homme, si on en juge à sa nuque et ses mains, elle est déjà bronzée, mais c'est parce qu'il arrive d'un long voyage en mer.

Il part souvent ainsi mais il revient toujours à son point de départ, qui est également son point d'arrivée, afin de raconter ses voyages à la femme, de lui dire ce qu'il y a là-bas, de l'autre côté de la mer, de lui parler des îles où l'on peut aborder, des arbres et des fleurs de ces îles, et des longs hurlements des bêtes au milieu de la nuit.

Il dit aussi qu'il l'amènera un jour, quand elle sera plus forte, car la femme est sujette à des maux qui la vident, l'éloignent du monde alentour, mais il semble ignorer que c'est de cela que la femme est malade, de savoir qu'elle ne partira jamais, que tous ces pays inventés par lui sont des pays où l'on va toujours seul et où l'on n'amène pas son passé avec soi, où l'on débarque vierge et d'où l'on s'en retourne intact, avec quelques souvenirs en plus, et puis quelques images chargées de parfums sans attaches.

C'est de cela qu'elle souffre, de devoir rester pâle pour que cet homme puisse à nouveau s'en aller loin sans elle, et revenir quand il veut lui parler de ces femmes qu'on rencontre en voyage, avec sa voix qui ment et ses mains qui ne tremblent pas assez. Mais peut-être sait-il de quoi souffre la femme, et peut-être l'aime-t-il de ne pas en parler, de ne pas le forcer à l'amener avec lui. Je ne sais pas, mais cela est possible, ces amours entretenues par le silence. Aussi ce lien qui les unit pourrait-il n'exister que par l'entretien concerté du mal qui affecte la femme. Ce doit être pour cela que juin la fait si pâle, à cause de ces habituelles poussées de fièvre qui accompagnent tous les retours de l'homme, et dont elle ne se débarrasse que très lentement, le temps que l'escale de l'homme finisse.

Il doit être arrivé depuis deux ou trois jours, car la femme a organisé une soirée, comme elle le fait toujours, à chaque fois qu'il revient. On entend la musique qui vient de la salle à côté, et le bruit des conversations, des rires, du cristal et de l'argenterie.

Ils se sont retirés un instant pour mieux entendre la musique, l'air qu'ils ont baptisé le leur, et dans quelques secondes, l'homme va poser un bras sur les épaules nues de la femme, l'autre autour de sa taille, et il va la presser contre lui, et la femme se fera aimante, douce, pendant qu'il redira pour elle, dans le corps à corps de la danse, son amour des voyages, le plaisir de rentrer chez soi, chez elle, de savoir la musique là.

Après ils vont retourner dans la salle où l'on aura à peine remarqué leur absence, à part ce photographe qui ne les quittera pas des yeux, scrutant le moindre cillement de l'autre homme, ses regards qui suivront Léna à travers les jambes et les dos des autres femmes, et Léna qui ira de groupe en groupe, détachée du bruissement des voix par quelque pensée étrangère au lieu, faisant semblant de prêter une oreille à la conversation, souriant quelquefois, mais à cette pensée rassurante qu'on ne soupçonnera pas, la croyant seulement réservée, peut-être fatiguée, une femme lasse et discrète... Et bientôt les convives un à un s'en iront, excepté celui-là, qui s'attardera plus que les autres, ivre. C'est d'ailleurs cette ivresse qui lui aura donné l'audace d'ouvrir la porte du boudoir pour les prendre en photo, et ainsi montrer à la femme la blancheur de sa peau, lui donner cette confirmation du pouvoir de l'autre homme. Celle-ci n'a toutefois pas besoin de preuve, elle sait, mais elle conservera la photo quand même, comme un autre souvenir de cet homme, de quoi se le rappeler pendant ses longs voyages, de quoi mesurer la fidélité de ses retours et anticiper les récits qu'il fera de ses haltes.

Ici elle baisse un peu la voix, la femme, pour signifier la fin de son récit, et s'aperçoit que l'homme s'est rapproché du lit pendant qu'elle racontait, et qu'il la regarde étrangement, comme on peut regarder quelqu'un dont on chercherait à se rappeler le nom. Alors elle se tasse un peu plus sur elle-même, troublée par cette proximité qui lui fait se souvenir qui elle est, ce qu'elle avait presque oublié depuis que l'homme ne la regardait plus, ne voyait que le fleuve et la ville là-bas, et cette femme dont elle n'a pour sa part jamais vu le visage, caché, toujours, sur les photographies.

Mais il interrompt ses pensées et lui demande pourquoi un homme, pourquoi le photographe n'aurait-il pas été une femme, quelqu'un qui aurait donné la photo à l'homme pour qu'il s'ouvre les yeux sur l'autorité de Léna, trop petite et trop pâle pour que cela soit vrai. Il faudrait revoir la finale, je crois, tenter d'imaginer une autre femme, qui peut-être aimait la première ou peut-être la haïssait, mais qui dans un cas comme dans l'autre détestait la musique qui venait d'à côté. Je voudrais d'ailleurs que vous m'en parliez encore, de la musique qu'on entend, à peine l'avez-vous nommée.

Elle dit alors que c'est une musique douce, du piano et des cuivres discrets, une musique nègre, mélancolique, comme il en vient parfois des fenêtres ouvertes, la nuit, dans les immenses villes, mais sa gorge se serre pendant qu'elle décrit la musique, la module de n'importe quoi, des premières impressions qui se présentent à son esprit, car elle sent la chaleur de l'homme, son poids sur le côté du lit, sa main prête à toucher son cou... Et la musique s'accélère et tourne, et la voix de la femme devient presque inaudible, assourdie par les cuivres grinçants qu'elle demande à l'homme de faire taire, que cela n'éveille pas les voisins, car la nuit le temps du récit est tombée sur la ville, et les rares passants, pressés par le vent qui les pousse, croient presque entendre la musique, là-haut, dans cet appartement où un couple enlacé se laisse entraîner par la danse.

Une musique enfiévrée, se disent ces passants, qui rappelle l'été, les chaleurs de juillet, les nuits où l'on ne peut pas dormir. Ils pensent à cela, oui, et que ces gens là-haut ne doivent pas soupçonner le froid, qu'ils doivent arriver de loin, d'une île où il y a le soleil et la sable brûlant.

On dirait que Léna sourit sous le fleuve là-bas, et que s'est arrêté un instant l'écoulement de ses yeux. On le voit à ce gris espéré venu se poser en surface, à ces lignes tremblantes et fragiles qui se promènent à travers l'instabilité des glaces.

Mais l'homme ne regarde pas le ciel, incapable de regarder janvier d'en bas, le jour, sans que pénètre en lui la froideur de ce bleu d'acier dont il peut toujours deviner, même à travers le gris du temps, la pureté aveuglante. Cela s'insinue en lui comme le ferait une lame, c'est là l'image usée qui lui vient à l'esprit, et pourtant elle est là, et pourtant elle tranche, on sent presque sa fine incision de la nuque au thorax, en son point postérieur, entre les omoplates, où surgit un sang chaud qui se fige aussitôt.

C'est ce qu'il craint par-dessus tout, ces images et ces sensations, car il sait que le froid de janvier ne vient pas de ses vents, que le climat n'est rien, qu'il s'affronte aisément. Non... il sait pour s'y être déjà perdu que les intransigeances de la saison sont entières en ses teintes. Il s'ensuit que l'esprit en est plus affecté que le corps, ignorant ces attaques subtiles qui se font par la voie de l'œil, et cependant les subissant.

Aussi il ne regarde pas le ciel, mais les gris qui gardent aujourd'hui Léna des reflets de l'après-solstice. C'est de cela qu'elle sourit, croit-il, du passage imprévu de ces gris entre le monde et elle.

Il faudra dire cela à la femme, lui faire observer tous ces gris apparus sur le fleuve, et puis l'amener près de la toile, pour lui montrer comment ils sont venus nuancer le tableau, comment le bleu s'efface, s'adoucit peu à peu. Et elle lui répondra que oui, bien sûr, le gris est moins austère, qu'il réchauffe la pièce. Puis elle tentera de se représenter le mélange des bleus et des gris sur la toile trop blanche où se sont peu à peu superposés les doux délires de l'homme.

Ensuite il ajoutera que maintenant qu'il a retrouvé la couleur de ce gris, il ne se hasardera plus au grand jour de janvier, que janvier doit se regarder de l'intérieur des chambres chaudes, le soir, quand la lumière des lampes découpe en curieux paysages la fine couche de neige qui s'est agglutinée aux vitres, poudrée par la force du vent. Il dira que c'est seulement après cela qu'on peut se risquer dans janvier sans crainte, pour entendre ce vent de nuit et s'en faire fouetter. Autrement ce mois est trop clair et l'on en devient fou.

Il dira vous resterez avec moi, ici, ou ne sortirez qu'en même temps, je ne veux pas que vous rameniez la couleur de janvier sur la toile, quand c'est pourtant tout ce qu'elle y perçoit, la femme, la blancheur et le froid de l'hiver.

Ils n'ont pas eu à s'enfermer longtemps, car sur tout le pays la tourmente s'est abattue, venue du nord avec la neige. Alors ils sont allés marcher dans la tempête, deux formes à peine visibles dans les rues balayées par le vent, la plus grande devant, la silhouette arquée d'un homme à la forte carrure, suivie de loin en loin par une autre plus frêle qui bientôt s'est perdue dans la nuit enneigée, n'a pas pu retrouver la trace de celui trop pressé qui l'avait oubliée, tout au vent de l'hiver, tout à la violence du vent.

Elle s'est toutefois rendue jusqu'aux abords du fleuve, et de là a crié, a demandé vous êtes là, puis n'a rien entendu, que le souffle du vent, que le hurlement des rafales sous les branches alourdies par la neige, et peut-être le cri d'une femme, la plainte égarée d'une bête, mais ce n'était là que le jeu du vent, le plaisir de l'hiver à confondre les sens.

Elle a marché ainsi longtemps, crié, jusqu'à sentir le feu du froid remonter dans sa gorge, puis elle a rebroussé chemin, revenant cent fois sur les rives du fleuve, ses pas effacés par la poudrerie, n'arrivant pas à retrouver la ville, à distinguer la plus petite lueur à travers la bourrasque, égarée, oui, et se croyant perdue, ses pas effacés par le vent, jusqu'à ce qu'enfin la route, aperçue elle ne sait comment, la ramène à la ville et à l'appartement de l'homme qui l'avait oubliée. Il était déjà là et il n'a pas vu qu'elle pleurait, a cru que c'était la tempête, encore à l'euphorie qui faisait son visage fou, la femme l'a bien vu... ce reflet par-dessus le regard, cette lumière étrange et qui n'appartient pas à l'œil, et la pensée absente, absorbée par le mouvement alenti, un mouvement revenant sur soi, de la lumière restant près du visage.

C'est peut-être à cet instant-là qu'elle a pensé qu'elle haïssait cet homme, et qu'elle aura compris qu'elle n'avait pas même ce droit-là, pas le pouvoir ni même le privilège de la haine, et que jamais elle ne pourrait partir, qu'elle serait attachée à lui jusqu'à ce qu'il se décide enfin à l'ignorer, que cette possibilité n'appartenait qu'à lui, et que toute fuite, toute tentative, serait un lamentable échec.

Un lamentable échec... On l'entend répéter ce cliché qui définit toute fuite, toute tentative, et peut-être sa vie, ses enchaînements sans suite, jusqu'à son attachement à l'homme, qu'elle ne sait pas comment nommer, ignorant s'il faut lui donner un nom de sentiment ou s'il s'agit d'un simple état, comme l'état du noir et du blanc : c'est noir, c'est blanc, sans la moindre connotation.

Mais ce ne sont encore que des mots, qui s'acharnent et s'accrochent, des mots. Alors elle retire son manteau, comme quelqu'un qui rentre chez soi, essuie ses mains et son visage, et murmure que c'était une belle tempête, oui, de celles qu'on ne peut oublier.

Les pleurs de la femme ont cessé et la tempête aussi, mais l'homme semble en avoir gardé la trace, car depuis son passage il refuse de voir le jour, même de l'intérieur de l'appartement. Aussi a-t-on constaté que là-haut, au quatrième étage de l'immeuble, tous les stores ont été baissés.

Pourtant ils ne dorment pas, ceux qu'on croit deviner derrière. Non. Ils veillent, ils attendent on ne sait quoi, dans la moiteur d'un isolement contraint par des nécessités qui échappent à la femme, et pour renforcer l'illusion du soir, ils ont allumé quelques lampes, la première à côté du grand lit, afin que la femme voie les photos qu'elle raconte, une autre devant l'espace en demi-cercle, au centre de la pièce, occupé par l'homme et la toile, et la dernière près de l'entrée, de façon que l'atelier ne se referme pas sur lui-même, qu'on y conserve le sentiment d'une possible circulation entre la chaleur du dedans et l'air frais du dehors, dans un sens comme dans l'autre.

Ils ne supporteraient pas l'idée d'un huis clos sans l'issue de cette lampe allumée à dessein, et ils se sentent à l'aise dans la chaleur aménagée par eux contre la blancheur de l'hiver, avec de la lumière et de l'odeur, l'odeur du parfum de la boîte et des corps qui se sentent bien, pas frileux, celles aussi du café bien noir et du tabac de l'homme.

La femme, elle, ne fume pas, quoiqu'elle se soit laissé tenter, à regarder l'homme, par le goût de la cigarette, de la fumée qu'on tire tout au-dedans de soi, qu'on y garde un instant, et qui forme un écran au sortir de la bouche, un nuage léger entre l'œil et l'objet dont les dimensions apparaissent autres, les contours autrement dessinés, plus nets à travers la fumée qui vous fait découvrir l'apparente stabilité des formes, leur possible mouvance.

Alors elle s'est levée, tantôt, pour prendre une cigarette dans l'étui de cuir brun marqué de lettres que l'usure efface, les initiales du nom de l'homme, peut-être, elle ne saurait le dire, car il n'a jamais révélé son nom.

Il ne sait pas son nom à elle, non plus, ne l'a pas demandé, ne le demandera pas. Cela lui laisse tout le loisir de la nommer comme il voudra si un jour il ressent ce besoin, c'est-à-dire la nécessité de la sortir de l'ombre où elle se tient, retranchée derrière les photos, et de lui confier une quelconque identité. Et peut-être fait-elle de même, la femme, en se réservant le pouvoir de le nommer aussi, sans s'en apercevoir, pendant qu'elle regarde l'étui et les signes gravés, et qu'elle ne peut retenir les noms, tous possibles, qui se forment au bout de la lettre *E* et de la lettre *F*.

Elle sait au moins cela que l'étui ne vient pas de Léna, à moins que ce soit un nom inventé par l'homme, ou peut-être ramené de lectures oubliées pour tirer de l'anonymat cette femme qu'on voit toujours de loin sur les photographies, de dos, comme si elle craignait la lumière des appareils. D'ailleurs il faudra qu'elle demande pourquoi Léna se cache et s'éloigne sans cesse.

Mais plus tard, se dit-elle, pour l'instant elle aimerait une autre cigarette, la fumer en silence et observer cet homme à travers la fumée grise et blanche, dans l'ombre de la main qui reste à hauteur du visage, et qui se replie légèrement autour du bout doré du filtre tenu entre l'index et le majeur. S'offrir cet objet séduisant, voilà ce dont elle a envie, malgré la perversité de ses charmes, et puis dormir un peu, car tantôt la nuit sera longue, une longue nuit de janvier où elle devra raconter un pays qui peut-être a cessé d'exister, et où il n'y avait que l'été, on en mourait parfois, de chaleur et d'ennui et de trop de clarté. C'est ce qu'a dû dire l'homme, oui, un pays qui n'existe pas.

Puis elle éteint sa cigarette et s'étend sur le lit, et regarde encore l'homme qui regarde la toile dans le cercle jaunâtre de la lampe allumée. Elle se demande ce qu'il y voit, ce que la lumière y dessine, peut-être un peu de jaune, maintenant, car le bleu se dit-elle doit bien commencer à se dissiper.

Et elle s'endort là-dessus, sur l'idée de ces taches ou de ces bandes jaunes, rien toutefois qui insiste, des tons installés en surface, pas vraiment imprégnés, de quoi confirmer la chaleur d'ici, qui vous rend l'hiver presque doux.

Cette nuit elle a choisi une autre image, malgré l'insistance de l'homme pour qu'elle reprenne encore la même. Elle a dit qu'elle ne pouvait plus, qu'il lui fallait sortir de ce boudoir, tout de suite, se promener alentour pour voir ce qu'il y avait avant, après, et peut-être pendant, qu'autrement le boudoir allait se refermer sur eux et qu'ils y resteraient confinés.

Elle a dit que peut-être ils avaient commencé cette histoire à l'envers, et qu'il aurait fallu partir d'ailleurs, du salon ou du port, du jardin. Il faudrait aller voir, et elle demande à l'homme de lui laisser quitter ce lieu avant qu'elle le haïsse. Nous irons dans la pièce à côté, pas plus loin, à proximité du boudoir, avec la possibilité de revenir nous réfugier dans la musique.

Devant cet entêtement il n'a plus protesté et l'a laissée aller où elle voulait. La douceur des lieux l'amollit un peu, le plonge au fond de ces torpeurs qu'on n'a pas envie de quitter. Mais il aurait aimé rester un peu dans le boudoir, surexposer l'image jusqu'à ce qu'on n'y distingue plus que des formes passées derrière la lumière blanchissante. Il aurait bien aimé voir la nuit s'effacer peu à peu et Léna s'effacer avec, dans ces teintes de jaune qu'il a réussi à fixer sur la toile hier soir.

Elle avait tout à fait raison, la femme, il fallait à ce bleu un peu de jaune, mais le laisser venir, ne pas forcer la chose, attendre que le bleu s'estompe et lui fasse une place. Curieux qu'elle n'ait pas remarqué encore, n'ait pas dit qu'elle aimait ce jaune. Il faudra qu'il lui en reparle, plus tard, après qu'elle aura raconté cette histoire qui se déroule dans le salon.

Une pièce vaste et haute, dit-elle, encore ouverte sur la nuit, comme l'était le boudoir. Cela semble une maison ouverte, la maison de Léna, avec des fenêtres partout, des portes et des balcons, pour ne pas qu'on étouffe. On sent la nuit chez elle, ici, libre de circuler et de s'approprier les lieux. Il n'y a d'ailleurs aucune démarcation, au plus une fragile transition, due au halo des lampes, entre l'extérieur de la nuit et son glissement vers le dedans.

Tous les objets paraissent des objets de nuit, qui ne prendraient leur dimension réelle qu'aux heures d'obscurité. L'on a peine à s'imaginer ces objets-là durant le jour, leur incroyable ennui dans la lumière, et ce qui leur arrive lorsque la nuit s'en va... On ne sait pas, on se dit qu'au matin la maison doit se refermer, que Léna doit tirer les longs rideaux poussés vers le hors-champ, au-delà de ces larges portes, quatre portes alignées, qui mènent du salon au balcon.

Elle est là, Léna, assise à droite et au fond de l'image, fatiguée, peut-être, et lasse de n'avoir pas sommeil. C'est une fin de soirée, et presque tous les invités sont déjà repartis. Il ne reste encore que Léna, et l'homme qui ne s'en ira pas ce soir, mais peut-être demain, dans cinq ou dans dix jours, celui qui passe et qui revient, mais qui toujours ne porte en lui que l'idée d'un nouveau départ.

Il y a aussi le photographe, bien sûr, dont on ne sait encore si c'est un homme ou une femme. Mais j'incline à penser qu'il doit s'agir d'un homme, malgré ce que vous m'avez dit et malgré ma difficulté à définir cette impression. Disons pour le moment qu'il s'agit d'une simple intuition, et qu'elle doit me venir de la disposition des personnages, de la façon dont l'image a été saisie, et de la rectitude des tracés qui se dessinent entre les membres du trio, cette figure excluant le photographe, car il y a une troisième personne dans le salon, c'est-à-dire dans l'image, une femme, assise à l'autre extrémité du cadre, sur la gauche, offrant son profil droit à l'objectif.

Il s'agit d'un demi-profil, en fait, marqué par l'arête fine du menton, sous lequel est tendue la peau du cou, fine, aussi, et pâle, mais d'une pâleur accentuée par le rouge éclatant de la robe qui se colle au long corps. La pâleur de cette femme ne semble toutefois pas une pâleur malade, mais une pâleur de chair tranquille qui connaîtrait aussi les violentes poussées du sang.

C'est elle que l'homme regarde ici, et c'est elle dont Léna sent le regard posé sur elle, dans son dos, si bien que de l'œil aux aguets de l'homme à celui de la femme en rouge, le regard en passant par Léna va s'échouer dans la nuit. Cela forme une ligne brisée de l'homme jusqu'à la première femme, et puis de celle-ci à Léna, voyez, qui va se perdre ensuite dans le noir du balcon. La forme du triangle n'est donc qu'illusoirement fermée, car la ligne qui la compléterait s'efface entre l'homme et Léna. Et l'on sent curieusement, à scruter l'échappée de cette ligne, une distance inouïe entre la photo du boudoir et celle-ci, comme si elles avaient été prises à des mois, des années d'intervalle.

Pourtant Léna y porte la même robe et l'homme le même complet, elle a les cheveux aussi courts et la nuque aussi jeune, puérile, sans les marques de l'âge. Vous ne m'avez pas dit, au fait, quel âge avait Léna, et les photographies sont quelquefois trompeuses. D'après la nuque on dirait vingt, peut-être vingt-deux ans, mais la robe est une robe de femme, j'entends par là plus vieille, et les chaussures aussi. Je ne sais pas, on pourrait tout aussi bien dire trente ans, à regarder ses jambes, son attitude générale.

L'autre femme est plus claire. Je dirais trente-cinq ans, très belle, dégageant une confiance en soi qui pourrait peut-être choquer, mais qui ne vexe pas Léna, non, qui la rend seulement à la nuit.

Celle-ci ne doit pourtant pas ignorer l'impudeur de ce rouge dans le regard de l'homme. Le photographe l'a sentie, lui, qui a braqué son appareil précisément sur cela, sur l'absence de l'homme à Léna, immédiatement avant l'amorce de ce mouvement qui le mènera vers l'autre femme, en cet instant où tout le corps se tend entre l'intention et le geste, l'hésitation ne tenant plus ici qu'à un réflexe du remords possible. C'est là qu'on peut tracer un lien de cette photographie à l'autre, si mince ce raccord soit-il, en cela qu'elles se situent toutes deux juste avant un mouvement de l'homme, vers l'une et puis vers l'autre femme, et de là en déduire les intentions que je prêtais encore hier au photographe, à savoir qu'il veut révéler par là l'inconstance de cet homme.

Il vous ressemble énormément, d'ailleurs, on dirait presque vous, et pourtant je ne crois pas qu'il s'agisse de vous. On le voit un peu mieux, ici, car il se trouve au premier plan et presque au centre de l'image. Le léger flou créé par sa proximité déforme cependant ses traits, en trouble les contours, comme s'il ne faisait pas vraiment partie de la photographie, n'en occupait plutôt que la périphérie, exclu sans le savoir de la zone plus nette occupée par les femmes, mais essentiel à la réalité de cet espace, sa délimitation. En fait la photo pourrait être sans lui, c'est-à-dire se passer de sa présence à l'intérieur du cadre, et on le devinerait quand même, rôdant dans le hors-champ, mais toujours extérieur, à la périphérie, du lieu de repos des deux femmes.

Car on a l'impression qu'elles se reposent, en dehors de l'attente, et bien que sachant l'homme sur le point d'investir leur espace. On dirait qu'elles profitent ici des instants où elles sont encore seules, chacune enfermée dans son isolement et à demi perdue dans l'ennui propre aux fins de soirée. Doux, l'ennui, qui traîne au fond des verres et sur le vieux phono qui grince. On s'y endormirait, pour peu que l'on soit vraiment seule et qu'on pressente la nuit longue, mais lentement, le temps de bien goûter l'innocence des choses, on sent cela, parfois, l'atténuation des peurs.

Mais il y a là quelqu'un qui veille et qui ne s'endort pas. Tantôt on entendait ses pas, derrière, qui semblaient mesurer la largeur du salon. Maintenant on sait qu'il va venir, ne pourra plus encore longtemps supporter ce silence, qu'il ira se verser un autre verre et mettre un dernier disque, une valse, peut-être, ou un air délicat pour les corps fatigués, et qu'il se dirigera vers la femme assise à sa gauche, pour toucher de plus près l'indécence de la robe.

Voilà, l'histoire se terminera ainsi, sur le son de la valse, c'est une possible fin et qui ne trahit pas l'image. Pour le reste on verra, il n'est pas interdit d'inventer d'autres fins demain, ou de nouveaux recommencements.

Et puis elle remet la photo dans la boîte en s'étonnant du jour qui vient et de cette lumière indécise, à l'est, qui filtre dans la pièce malgré les stores baissés et les lampes allumées. Encore une autre nuit, pense-t-elle, une autre et puis une autre... Au bout cela fera des ans, qui sait, et l'histoire atteindra son terme, pourra se continuer sans elle.

Il faudra qu'elle demande à l'homme une photo de l'appartement, ou bien un simple dessin d'elle, de lui, d'elle à côté de lui, avant qu'il ne l'oublie, ne la renvoie à cette inconsistance d'où il l'a pour un temps tirée. Il faudra qu'il lui laisse au moins de quoi se consoler, qu'importe le moyen, de la tristesse de certains départs.

Il ne sait plus très bien où il en est. Il ne mesure plus le temps et ne reconnaît plus les jours. Ses hiers sont parfois de grands trous d'où n'émergent que quelques teintes, d'une brutalité qui certains soirs le tue, le rend à demi fou, des couleurs qui l'attaquent vives et crues, absentes à tout ce qui n'est pas la pureté du ton, l'envahissement de la lumière, et d'autres fois lointaines, à peine perceptibles, mais qui durent et s'attardent.

Ce sont ces couleurs qu'il retient, seul peut-être à les voir, car la femme étendue devant lui ne sait pas en parler, seul peut-être à savoir ce qui se dissimule derrière ces gris apparus sur le bleu pendant que la femme dormait, et reléguant encore le jaune dans le champ des possibles. On en remarque encore le passage furtif dans les brèves éclaircies laissées sur le tableau, et où l'on peut sentir sa probable réémergence, malgré les lourdes masses qui s'avancent et s'étirent à la suite des gris, et qui auront tôt fait de les couvrir.

C'est le peu qu'il a conservé de la dernière histoire racontée par la femme, l'imminence des gris. Mais il y avait aussi du rouge, il sait, une tache extrêmement claire, que n'avaient pas encore atteint ces gris où s'était réfugiée Léna, si profond qu'on la distinguait à peine. Il faudrait retrouver ce rouge, pense-t-il, pour ce qu'il avait su résister aux mouvances des tons. Son contraste arriverait peut-être à faire réapparaître le corps blanc de Léna, et du corps le visage dont l'absence l'obsède.

Il y a des jours où il la détestait de ne lui avoir laissé que cela, des traits qui se dérobent quand le souvenir des yeux persiste, comme si elle l'avait fait exprès, savait que le bleu resterait quand tout le reste s'effacerait. Il y a des jours où il la haïssait, quand celle-ci ne cherchait peut-être que l'oubli, et qu'à se libérer de cette image en vous en la déformant par la démesure.

Si au moins il y avait dans la boîte une photo du visage, elle reprendrait peut-être sa réalité, pourrait enfin mourir et s'en aller du fleuve. Mais il n'a d'autre d'image que ce corps indécis prisonnier entre ciel et terre. C'est pourquoi il veut retrouver le rouge, et tout ce que n'aurait pas altéré le temps, se le faire raconter jusqu'à ce qu'autour les détails se précisent, qu'une bouche apparaisse, un pli au coin des lèvres, et qu'il puisse enfin fermer ces paupières refroidies depuis trop longtemps.

Ils sont retournés au salon, une pièce vaste et haute avec portes-fenêtres ouvertes sur la nuit. Les deux femmes sont toujours assises à la même place, et l'homme debout à l'avant-plan, dans la même attitude, quoiqu'on aurait pu espérer une légère modification des positions à la faveur de l'obscurité du coffret. Cependant on dirait que la lumière n'est plus la même, que l'endroit est plus sombre et que certains reflets s'estompent.

Le vêtement de la deuxième femme est ainsi devenu plus discret, ne choque plus le regard. Contrairement à hier, ce n'est pas cette robe rouge qu'on remarque d'abord, mais la femme isolée tout au fond du salon, et autour de laquelle l'obscurité se fait plus dense, peut-être à cause de la colonne qui projette son ombre sur la chaise où elle est assise.

Elle n'avait pas vu cela... C'est l'homme en s'éveillant qui lui a mentionné ces gris, et ce soir elle ne peut les abstraire, ne peut plus lui décrire la violence du rouge qu'il y avait là avant, mais seulement ce rouge effacé, pâli par les années, qui fait cette femme insaisissable et encore plus inaccessible, et qui rend cet ensemble instable, happé par la masse un peu plus foncée qui occupe l'arrière-plan. Ainsi le centre de l'image se vide au profit de ses bords plus discrets, ou qui ne sont tels qu'en apparence, car il semble ici qu'ils s'imposent en vertu même de cette réserve affichée par Léna, et que pour peu l'on estimerait factice.

Et pourtant je ne crois pas que Léna mente, dit-elle, à cause de la désolation projetée sur elle par cet éclairage imprévu. Ainsi elle nous paraît plus triste, et les deux autres aussi, mais d'une tristesse qui serait admise, comprise, et qu'ils ne chercheraient pas à fuir, qui viendrait de la fin de soirée, de l'alcool et de la musique, et de l'isolement de chacun. Une sorte de mélancolie, mais qu'on aurait tort de confondre avec les regrets de la nostalgie. Un désenchantement du désir, plutôt, qui saurait ses violences inutiles.

Malgré cela, la ligne reliant l'homme à la femme en rouge est toujours là, de même que l'autre ligne, qui reléguait Léna en dehors du triangle, conférant à son retranchement quelque chose de plus, une douleur, peut-être, qui chercherait à se retirer dans la pensée du gris.

C'est toutefois une mélancolie sans pleurs, sèche, une tristesse d'après les pleurs. Je crois qu'elles ne savent plus pleurer, ces femmes, qu'elles ne savent plus comment. C'est une chose d'il y a trop longtemps. Elles aimeraient mais cela ne vient pas, reste au-dedans de l'œil, se glisse sous les traits qui semblent alors plus vieux, âgés, comme on dirait d'un bois, d'une matière qui garderait la trace de trop de touchers répétés, du passage de l'eau, de l'usure des sels et du vent.

D'ailleurs cette privation me porterait à penser que Léna est plus vieille qu'elle ne veut le montrer, si ce n'est d'âge il nous faudrait dire d'être. Vieille du premier jour... Mais on ne croirait pas, à regarder comme ça. La ligne des épaules est droite, on ne sent pas le poids, pas encore la brisure de la nuque malgré la tête qui quelquefois s'incline, cherche à s'alléger des images qui doivent la faire lourde.

Mais on peut se tromper, l'œil est parfois si calme, comme une eau sans remous, lisse, et l'on ne saurait dire si cette inclinaison vient du besoin de faire s'écouler les images au-dehors, ou si c'est une façon de faire venir le monde à soi, la tête se penchant ainsi pour prendre, sans brusquer, déposer au-dedans. On ne sait pas, on se demande s'il y a seulement quelque fissure dans l'opacité de ce bleu, ou si rien n'y pénètre plus, si le monde s'y frappe et s'y brise.

C'est ce qu'elle déduit de l'atmosphère où est plongée Léna dans l'image choisie, de l'évocation de ses yeux par l'homme, dont elle ne connaît pour l'instant que la couleur, un bleu qui a débordé la photographie pour venir altérer la chaleur des trois lampes allumées pour se garder du froid.

Puis elle répète encore qu'elle ne sait pas si le bleu de cette eau est étanche, et elle interrompt son histoire, déjà, déçue, il aurait fallu parler d'une eau grise ou d'une eau recouverte de brouillard, mais le bleu est venu de lui-même, des détours du récit, des efforts qu'elle déploie pour tenter de voir Léna qui se cache. Demain elle remettra les gris, demain, car ce soir elle se sent vidée. Ces histoires l'exténuent, la peur de se tromper sur Léna et sur l'homme et sur ce qu'elle croit faire ici.

Elle a cependant tort de craindre, car l'homme est resté dans l'idée du rouge qu'il lui faut retrouver et n'a pas entendu l'histoire. Mais ce n'était pas une histoire, simplement une amorce, une autre tentative qui aura avorté, qu'importe, puisque la nuit s'en va et qu'elle peut s'endormir en sachant le jour pas si loin, et l'odeur du café, la première cigarette de l'autre.

Pour le reste on verra demain, redit-elle à voix lente, sans savoir ce que signifie ce reste ou ce que contient cette attente, et puis elle dit la fin de cette histoire, tout en sachant que cela n'existe pas, et qu'elle devra se faire à l'idée de l'inachèvement.

Il a fortement insisté pour qu'elle reprenne encore la description du rouge, et de cette femme dont il avait presque oublié le passage là-bas, dans la maison de L. Il dit qu'il voudrait se rappeler pourquoi il l'aurait oubliée, pourquoi cette nécessité ou bien cette évidence, et pourquoi le choix de ce rouge.

Alors elle reprend du début en disant qu'il y a là une jeune femme, la trentaine, moulée dans une robe dont le rouge devait être clair, sang. Elle dit je décris la couleur de mémoire, car depuis quelques jours le rouge s'est altéré et il ne provoque plus. Aussi je ne peux déterminer quelle est la vraie couleur, celle qui frappe en premier et qui sait accrocher le regard, ou celle-là qui s'estompe après, quand on comprend l'indifférence de ces deux femmes et l'absence d'enjeu, la paix où elles s'endormiraient si elles se savaient seules.

Car elles ne paraissent aspirer qu'à cela, l'une et l'autre, et l'on se dit qu'elles iraient chercher ce sommeil ensemble si l'homme acceptait leur indifférence. Elles s'étendraient sur le divan, le corps de la plus grande tourné vers celui légèrement arqué de l'autre, et elles s'endormiraient ainsi, sans presque se toucher, la main de l'une allant peut-être se poser sur la hanche de l'autre, sur la saillie de l'os, ou bien allant se réfugier dans l'incurvation du flanc maigre. Un aveu de tristesse, je crois, et de profonde solitude, malgré la proximité des deux corps, qui à tout moment du sommeil pourraient savoir l'autre encore là, dans l'éloignement de cette tristesse.

Or elles n'iront pas se coucher, pas tout de suite, n'en ressentent cependant pas moins la douceur inutile de ce banal désir, comme on ressent parfois l'envie de ce que l'esprit ne fait que soupçonner, qui suppose à partir du soupçon, de quelque indice aperçu çà et là, et qui voudrait toucher, vérifier l'impression, ce qu'on fait lorsqu'on va toucher la main des morts, qu'on va y chercher le souvenir tranquille de celui qui repose.

Mais le repos des femmes doit d'abord passer par celui de l'homme, et la femme en rouge reste là, à gauche, bien que tous les invités aient quitté la maison, à guetter ce moment où il faudra aller vers l'homme. Ainsi tout ce qui vient après semble dépendre d'elle, d'un mouvement qu'elle fera, de ce qu'elle refusera ou de ce qu'elle acceptera.

Elle n'est cependant pas pressée, et l'on ne perçoit ici la tension que chez l'homme, qui fume nerveusement, boit plus qu'il ne faudrait, se promène alentour de la pièce comme s'il circonscrivait un territoire dont l'accès lui serait encore bloqué. On le sent au bord d'un geste violent, il y a cela en lui, dans la raideur du torse et des épaules, la possibilité de ces actes impulsifs qui le feraient se détendre et frapper, quand cela ne briserait rien que ce qui l'était déjà, ou alors l'accessoire, une toile, un verre dont le fracas éveillerait des pensées qu'il vaut mieux laisser à leur somnolence. Aussi la femme va-t-elle sortir du calme où elle se trouve pour retenir ces mouvements de l'homme, car elle supporterait mal le bruit, les excès de la voix, quand la nuit est si douce et qu'on pense au sommeil. Elle va donc aller déposer son verre sur une table basse et s'avancer vers lui, brisant ainsi la ligne qui les reliait tantôt, la base du triangle ouvert sur le balcon.

Léna, elle, va rester où elle est, en attendant que le disque remis par l'homme n'émette plus qu'un grincement régulier, qu'ils aient quitté la pièce, et qu'on ne perçoive plus que la respiration de cet autre homme, qui se tient à l'écart et la prend en photo... Elle ne sait pas pourquoi ce besoin de l'image... pense alors à l'ennui, aux désolations où cela vous porte.

Ensuite elle sortira sur le balcon, ira se promener dans la nuit, et l'homme inconnu la suivra. Puis ce sera fini, et le salon restera ainsi jusqu'au matin, jusqu'à ce qu'une femme habillée d'une robe rouge, pas froissée, pas défaite, vienne y chercher son sac, ou son étui à cigarettes, oublié quelque part, sur le bras du fauteuil où elle était assise, ou sur la table basse où elle avait posé son verre, il y aura de cela quelques heures.

Elle flânera un peu, cette femme, fumera une cigarette quand elle aura trouvé l'étui, puis ira regarder le jour aux portes encore ouvertes sur le jardin. Il y aura un brouillard léger, ou plutôt une vapeur, un écran pâle au ras du sol, et qui restera là, ne s'élèvera pas jusqu'en haut des arbres. Ce sera le petit matin, donc, et la femme jouira du silence, de la maison qui dort, du désordre qui suit la fête, furtivement traversé des odeurs de l'enfance, si ténues qu'elle se demandera si elles lui viennent d'elles, si elle a réellement connu l'excitation de ces matins muets, ou si c'était une autre, morte avant de savoir qu'elle était. Mais elle repoussera vivement ces pensées pour revenir au dehors des choses, s'y maintenir pour ne pas sombrer.

On ne distinguera pas son visage, alors, ni sa possible lassitude, ni le presque sourire, un mouvement inconscient des lèvres, qui marquera le dessin des rides, le fin réseau déjà tracé, incrusté dans la peau. On ne verra que la nuque, les cheveux attachés, les épaules bien droites et qui se forceront à rester telles, malgré les mélancolies du matin, quand on n'a pas dormi et qu'on porte encore le poids des plaisirs que la nuit se réserve. Puis elle repartira, et le salon photographié sera vide à nouveau, sans rien qui montre son passage, sinon les relents de son tabac blond, et le souvenir qu'auront gardé les meubles du dernier quart d'heure de la nuit.

Après le soleil arrivera, et quelqu'un viendra tirer les rideaux pour ne pas que la lumière entre et révèle l'usure des tissus, la poussière sur les bois, et le luxe passé de tous ces objets faits pour se montrer de nuit, ou devenus tels avec le temps. À travers l'épaisseur des rideaux, le salon s'éclairera alors d'une lourde lumière, où domineront les rouges et les bruns, mais des teintes appuyées, n'ayant rien de la légèreté des matins insouciants.

Voilà, c'est la description qu'elle fera de ce rouge effacé, pas capable d'en reproduire l'éclat ou la chaleur possibles, et l'homme essaiera d'en saisir les reflets ignorés, ou peut-être seulement tus, concédés aux désirs coupables et aux faux-fuyants du récit.

Elle est descendue lui chercher du tabac et il est resté sur le lit, à l'attendre sans hâte, à penser à cette femme en rouge qu'il avait oubliée, et qui jour après jour se rapproche de lui, se fait plus familière, bientôt prête à quitter ce mutisme renforcé par l'autorité du rouge. Car cela ne fait plus aucun doute à ses yeux, cette femme est le pivot autour duquel s'articule l'image, dont il ne saisira la configuration réelle que lorsqu'il aura retrouvé qui elle est, et ce qui lui permet de rester là, alors que tous les invités sont retournés chez eux.

Il croyait qu'à se faire raconter la photo cela lui reviendrait, mais il n'a pas le moindre souvenir d'elle, ni avant, ni après, ni pendant la soirée. Pourtant malgré l'oubli il sent qu'il y a entre elle et lui un lien inattaquable, qui passerait par Léna, et qui ferait d'eux des complices. Il croit que son obsession d'elle doit lui venir de là, du fait de ne pas la reconnaître alors qu'il a la certitude de ce savoir commun, et d'une proximité si grande qu'elle est peut-être ce qui justement l'aveugle.

Il a cependant l'intuition qu'il est sur le point de comprendre, et qu'un jour pas si loin le rouge parlera, qu'il cessera de se retrancher derrière cet étalement de gris ayant modifié le récit amorcé par la femme. Elle vient tout juste de rentrer, il a perçu ses pas dans l'escalier, le grincement de la porte, le froissement de l'imperméable, et maintenant elle se tient devant lui, le tabac dans une main, l'autre main dans la poche de ce manteau trop grand pour elle, comme si elle attendait qu'il se décide enfin à prendre le tabac pour s'en retourner d'où elle vient.

Mais il ignore encore où elle pourrait aller ainsi. Il ne peut se l'imaginer que dans cette rue noire et mouillée où il l'avait trouvée. Il n'a jamais pensé, en dehors de l'appartement, à la situer ailleurs que là, dans ce décor de pierres usées auquel elle semblait se confondre, avec seulement la tache du visage pour se distinguer des murs qu'elle rasait, effrayée du moindre intervalle où aurait pu se déployer son ombre.

C'était un soir d'automne, de nuages et de vent, et la femme qu'il avait croisée s'abritant de ce vent n'avait jamais eu d'autre commencement que celui qui marquait leur rencontre. En fait elle n'avait ni début ni fin, puisqu'elle était venue porteuse d'histoires inachevées, qui sans elle n'auraient à jamais connu que l'immobilité, et il ne pouvait pas se figurer, depuis qu'elle était installée ici, qu'elle pût s'en retourner un jour, sinon pour regagner sa place au fond de cette rue noire. Elle faisait partie des récits, et si elle devait repartir, ce serait avec eux, c'est-à-dire lorsque les histoires cesseraient d'exister, pour avoir peut-être trouvé leur fin, ou parce qu'il aurait simplement cessé d'y croire.

C'est pourquoi il n'aime pas la voir ainsi, avec cet air distant suggérant le départ, sa possibilité. Alors il lui dit de s'asseoir, qu'il veut lui reparler du rouge, l'examiner à ses côtés, et voir d'où elle tient que le gris a entièrement couvert l'image. Ce gris ne devrait pourtant pas être un obstacle au rouge, dit-il, mais en faire ressortir l'éclat, la luminosité.

Il dit regardez les contrastes et voyez les reflets, la pousse à prendre les photos afin d'éviter toute réplique, de la contraindre à rapidement réintégrer le cercle des histoires, avant qu'elle lui tourne le dos et ne reparte comme elle était venue, le laissant avec des images dont il ne saurait plus comprendre le désordre.

Mais elle n'a pas l'intention de partir, simplement le désir lorsqu'elle sent les récits s'appesantir sur elle, et qu'elle ne peut plus mesurer la largeur des ellipses et la profondeur des hors-champ qu'il y a non seulement entre les photos, mais entre tout ce qui nécessairement est appelé à leur succéder. Il lui prend cette envie d'abandonner toutes ces histoires auxquelles elle n'a jamais eu part, sinon comme un observateur lointain dont on dirigerait le regard, et de quitter cet homme qui peut-être lui ment, joue peut-être le jeu d'une innocente folie pour pouvoir lui masquer la sienne... Car elle connaît aussi des moments d'égarement, des heures où elle ne sait plus qui elle est, d'où elle vient, et où elle va jusqu'à se demander si elle n'est pas issue des récits qu'elle croit inventer, si ce ne sont pas eux qui l'ont faite, alors qu'elle garderait l'illusion d'en être un peu l'auteure.

Alors il y a des jours où elle aimerait bien s'en aller, mais elle craint de ne plus avoir d'existence en dehors de ce lieu, et croit qu'il lui faudra d'abord aller jusqu'au plus profond des photos, gratter l'image jusqu'à la transparence pour voir s'il y a quelqu'un derrière ou s'il n'y a que le vide, le blanc de certaines révélations. Elle le doit, pour savoir qui de l'homme ou d'elle aurait le mieux compris ce vide, celui qui veut à tout prix faire revivre les images, ou celle qui aimerait les laisser dormir, lequel de ces deux-là risque de perdre sa raison.

Aussi elle s'assoit sur le lit, ainsi que l'a quasi ordonné l'homme, le tabac dans une main, l'autre main dans sa poche, et sans transition elle raconte comment elle perçoit ces gris en semi-latence qu'on attribuerait à l'ennui, à l'engourdissement des heures qui s'attardent, et puis comment elle voit le rouge et le blanc par-dessous, les rapports entre ces couleurs.

Et puis l'homme l'arrête, lui dit qu'à propos des couleurs il a réfléchi toute la nuit et qu'il croit s'être rapproché du rouge, de ses brusques dégradations, dans l'évocation qu'elle a faite du lien possible entre Léna et l'autre femme, dans ce qu'elle a retenu de la situation de l'homme par rapport au retrait de ces femmes. Il lui dit qu'il voudrait qu'elle insiste là-dessus, sur tout ce qui aurait pu perturber le sentiment qui devrait unir l'homme à Léna.

Mais elle lui répond qu'elle l'ignore, qu'elle peut voir la rupture, ses signes, mais ne sait pas ce qui y mène, qu'il devrait essayer lui-même puisqu'un jour il s'est trouvé là, à l'intérieur ou à l'extérieur de l'image. Or ce qui lui échappe c'est la profondeur de l'oubli de l'homme, qui ne sait plus s'il était le photographe, si c'est lui qu'on peut voir sur la photo, ou s'il n'est ni l'un ni l'autre des hommes, mais la combinaison des deux, issue de l'observation de scènes étranges, le voyeur immobile qui aurait hérité des images.

Voilà pourquoi il s'est levé si brusquement lorsqu'elle a suggéré sa possible présence, et qu'il s'est mis à arpenter la pièce ainsi que le faisait l'autre homme, peut-être lui, sur la photographie, tout en disant que cela ne changeait rien qu'il ait été à l'intérieur ou à l'extérieur des images, que c'étaient en effet des images et qu'elles n'étaient là que pour cela, ne servaient qu'à cela, qu'à se rappeler qui l'on aurait pu être, qui l'on aurait voulu, ou qui l'on n'avait pas été.

Elle ne pensait pas provoquer cet effarement mais elle le laisse aller et attend qu'il se calme, le jour le calmera, croit-elle, avant de proposer une autre image où il n'y aura pas ces couleurs vives, pas de quoi révéler qu'elles s'atténuent avec le temps.

Elle se tait et elle attend cela, le calme, c'est-à-dire l'épuisement de l'homme, et cela vient, ainsi qu'elle le croyait, avec l'insistance du jour. Maintenant ils vont tenter de dormir quelques heures et puis elle va l'amener dehors, puisque l'hiver se fait plus doux et qu'on dirait une éclaircie, là, qui fend la couche des nuages. Cela l'apaisera sûrement de sentir la chaleur du soleil après cette longue hibernation, et cela va les changer de la couleur des lampes qui ont fait sous leurs yeux des ombres qui s'incrustent, et où la maladie pourrait finir par se loger.

Elle a décidé de l'amener en plein cœur de la ville, là où l'agitation des rues pourrait peut-être lui faire oublier le rouge et la monotonie du fleuve. Elle voulait à tout prix éviter cela, la marche lente au bord de l'eau, le voyagement des glaces qui s'entrechoquent et font bouger le paysage, qui étourdissent jusqu'à la nausée, jusqu'au désir, parfois, de s'y précipiter. Car elle n'aurait pas eu la force, pas après ce long isolement, de retenir l'homme de l'envoûtement des glaces, et se serait laissée aller aussi à cette ivresse heureuse qui doit être l'exaltation des fous, pense-t-elle, une sorte de fébrilité située entre le plaisir et la peur.

Elle voulait ignorer tout cela, les photos et le fleuve, se donner un jour de congé et faire celle qui ne soupçonne pas. Elle s'est dit ce doit être le soleil, sa clarté différente, pas froide, et la douceur du vent qui sent la neige humide.

Alors elle a pris l'homme par le bras comme on prend un convalescent, et plus tard comme on doit tenir celui qui vous tiendrait aussi, l'ami, l'amant. Elle a fait cela sans s'en apercevoir, dans un glissement imperceptible, en serrant l'homme d'un peu plus près, en le ramenant contre elle, et s'il n'avait été perdu dans la pensée de quelque fleuve, il aurait senti la pression des doigts, de la main qui se ferme, enferme l'avant-bras, sans s'en apercevoir, le bras mû par l'instinct, le mouvement spontané.

Ils ont marché ainsi dans les rues animées, deux êtres aux liens difficiles à cerner, peut-être le frère et la sœur, pouvait-on croire d'abord, d'ailleurs ils avaient ceci dans les yeux qui suggérait la parenté, ou l'identité des apprentissages, et puis les deux amants, aura-t-on soupçonné après, toujours à cause de ce regard, de la douleur commune qu'on y apercevait, et de la façon dont la femme tenait le bras de l'homme.

C'est ainsi qu'elle l'a entraîné vers les quartiers du centre de la ville, sans qu'il proteste pour aller au fleuve, obéissant à la fermeté de la main, et qu'ils ont regardé les vitrines, le flot de la circulation, se sont même arrêtés dans un café, pour faire comme les gens font. Et puis la femme a dit qu'elle aimait ce soleil, ce jaune où ne se fixe pas le froid, et elle lui a montré ce qu'elle disait, l'éclatante lumière, qui pénétrait les choses au lieu de simplement se diffuser autour. Le ciel était moins effrayant ainsi, d'un bleu qui semblait moins irrémédiable, capable d'admettre le gris, de faire venir le jaune. Elle lui a aussi montré cela, à travers la chaleur des reflets qui d'une petite fenêtre obliquaient vers leur table, et venaient se briser dans l'épaisseur de cet alcool ambré qu'ils avaient commandé pour sentir cette chaleur au-dedans de leurs corps penchés, et puis c'est l'homme qui a pris le bras de la femme, tandis qu'elle demandait pourquoi cette docilité, et qu'il se contentait de lui répondre par ce geste, sa main sur son bras droit, et l'amenait prendre un peu d'air frais.

Après ils ont marché encore, encore, évaluant les heures au déplacement des ombres, jusqu'à ce que la nuit tombe et qu'ils soient fatigués.

Maintenant ils ont repris la direction de l'atelier, car l'excitation du matin a fini par vider la femme, qui tremble et qui vacille pendant que l'homme la ramène. Pour peu on dirait qu'elle est ivre, alors qu'il n'en est rien. Il s'agirait plutôt de cet abattement silencieux qui succède au simple désir d'ivresse.

C'est ainsi qu'à son tour elle se laisse entraîner, alors qu'elle aurait préféré dormir ici, se laisser tomber dans la neige, fraîche, où sa chute aurait fait un grand trou. Elle aurait ramené ses jambes engourdies sous les pans de son grand manteau, et aurait attendu le sommeil. Et l'homme aurait pu s'endormir aussi, il aurait fallu qu'elle lui dise, lui parle de ce trou où l'on peut se blottir, mais ils sont arrivés, elle voit les fenêtres allumées, là-haut, au quatrième étage de l'immeuble, elle voit qu'il est déjà trop tard.

Alors elle va monter mais elle ne lui racontera pas d'histoire, pas ce soir, car elle sent qu'aucun mot ne pourrait sortir d'elle. Elle va se coucher sur le lit, c'est tout, sans faire attention à sa robe, sans peut-être enlever son manteau, seulement ses chaussures, qu'elle va ranger bien droites au pied du lit, sans non plus mesurer ce geste, ce qu'il a d'essentiel, les chaussures alignées près du lieu où l'on dort.

Plusieurs jours ont passé et l'on voit que l'hiver va s'en aller, on le voit au soleil qui allonge sa courbe, mais ce n'est pas encore l'été, pas même le printemps. C'est l'hiver qui s'étire en tempêtes mouillées, mars, au bout duquel on sent déjà l'odeur des pourritures d'avril.

La saison aura duré des années, et l'on a peine à croire qu'elle va finir enfin. Mais ils ne sont pas ressortis, là-haut, ont fait comme s'ils n'avaient pas émergé de février, n'avaient pas suivi le mouvement qui modifie la ville. Probablement parce qu'il s'est rendu compte que le jour avait bouleversé la femme, l'avait tenue muette et pâle, malade, pendant de longues journées. Alors il n'a pas relevé les stores, a fait durer l'hiver le temps qu'elle se remette. Maintenant il va attendre encore un peu, que les soirs se réchauffent, et puis il va l'amener marcher la nuit au bord de l'eau.

C'est la première fois qu'elle s'éloigne autant et il a peur une autre fois qu'elle ne le quitte ou qu'elle ne revienne pas de cet ennui, de ce renoncement à tous agissements, qu'elle demeure dans cette immobile continuité alors qu'il a tant besoin d'elle, ne sait plus se passer des histoires auxquelles elle l'a habitué. Il s'est dit que c'était peut-être le soleil qui l'avait égarée, la fausseté des clartés d'hiver. Il connaît la fébrilité engendrée par ce jaune. Cela arrivait à Léna, parfois, de se laisser séduire par certains reflets du matin, leurs dessins sur le sol, le tapis de la chambre, et d'aller soulever les rideaux. Cela durait alors un peu, la joie, la presque euphorie de ces matins clairs, et puis cela se dispersait ainsi que se disperse la lumière, les fines particules de poussière blanchie soulevées par quelque agitation.

Il lui faudra éviter cela, empêcher que cette femme ne tombe aussi dans ces éblouissements furtifs, privilégier alors la nuit, ses moins brusques attaques, et pousser la femme plus avant dans la nuit des photos, qu'elle s'y sente chez elle et n'en veuille plus sortir.

Alors ce soir il l'a laissée choisir la photo qu'elle voulait. Elle a pris la première, dans l'ordre où elles étaient placées, en rangée sur le lit. C'est celle où l'on peut voir Léna se promenant sur les quais, et peut-être l'a-t-elle choisie à cause de ce parfum légèrement âcre qui leur vient du dehors par la fenêtre ouverte, un parfum de bois lourd et trempé qui semble émaner de l'image, et qui rappelle à l'homme les odeurs qui flottaient là-bas, du côté du vieux port où mouillaient toujours deux ou trois navires.

Elle a d'abord pris la photo doucement, comme un objet qui sait attendre et vous parler de cette attente, elle l'a déposée sur ses jambes, et puis une heure a pu passer avant qu'elle dise enfin, d'une voix qu'elle a dû éclaircir, que c'était il y a très longtemps, la nuit, dans une ville n'existant que par son fleuve, que par le semblant de fraîcheur qu'on pouvait y trouver, et que par les idées d'ailleurs que donnait le fleuve à la ville.

Elle dit que la photo a été prise au bord de l'eau, justement, et qu'on y voit des quais de bois où se promène une femme, jeune, qui devait aller chercher près du fleuve l'assurance qu'il y avait une issue, et qu'un jour elle pourrait partir, quand elle ne serait plus malade, car elle est d'une santé fragile qui n'admettrait pas les bouleversements. Elle allait y attendre les marins, aussi, voir ce que leurs visages rapportaient des pays jusqu'où menait le fleuve.

Elle devait aller chercher cela, et peut-être en cela l'espoir du repos, mais je ne sais pas pourquoi la nuit, quand il n'y a aucun horizon, que le fleuve s'arrête en deçà des limites de l'œil, pour tomber dans un noir amplifié par ses propres eaux, se jeter dans ses propres profondeurs.

Peut-être aurait-elle craint, le jour, de s'embarquer sur le premier bateau partant sans savoir où elle s'en irait, d'être poussée à cela par sa peur des lumières, et de débarquer dans une ville trop semblable à la sienne. Peut-être au fond redoutait-elle la mer, ne pouvant supporter l'idée de voir s'éloigner tout rivage et de se perdre dans un bleu qui se déploierait identique au noir. La nuit pouvait alors servir à la protéger d'un départ qu'au fond elle ne désirait pas, ou à lui cacher les écueils inhérents au voyage.

J'ignore quelles étaient ses raisons, mais le soir où on l'a photographiée, elle était venue attendre un bateau, quelqu'un qui devait en descendre et qui n'était pas débarqué. Un homme, je crois, celui qu'on aperçoit sur les photos. Il devait arriver ce soir-là, mais peut-être le temps en mer a-t-il des durées différentes... Alors elle traîne un peu, dans l'attente d'un autre bateau ou d'un autre marin.

Le port pourtant semble désert, on ne voit sur les quais que cette femme, son ombre allongée par un réverbère, ses jambes et ses bras nus, et ses souliers de toile un peu salis, c'est la poussière, la saleté de ces rues crasseuses qu'il lui faut emprunter pour aller jusqu'au port. On voit aussi l'ombre d'un homme, dans le coin droit de la photo, l'ombre du photographe, faudrait-il plutôt dire, qui suit Léna sur les quais tous les soirs, mais qui ne parle pas, ne lui parle jamais, se contente de regarder, de suivre, et de fixer l'image au moment qui lui semble opportun, c'est-à-dire au moment qui saura contenir en lui-même la succession des autres images laissées derrière elle par la femme.

Il lui faut pour cela une certaine distance, un recul qui le tienne à l'abri des gros plans et des proximités trompeuses. Pourtant sur cette photo il semble s'être rapproché un peu, mais peut-être est-ce une illusion causée par l'ombre empiétant sur l'image. Je ne sais pas, mais il y a déjà là une tentative d'incursion, car l'ombre aurait pu facilement être évitée, et j'ai l'impression que le photographe renie ainsi sa position, contrairement à ce qu'on pourrait croire, qu'il signe de cette façon son désir d'être dans l'image et qu'il va aborder Léna bientôt, c'est une question de quelques soirs, et renoncer par le fait même à sa compréhension des déplacements effectués par cette femme depuis la maison jusqu'au fleuve.

Elle semble avoir senti ce changement d'attitude, Léna, et ne pas s'opposer à la volonté qu'il exprime, car elle a ralenti sa marche, voyez l'hésitation du corps qui traîne, n'a pas ce mouvement vers l'avant qui traduirait la hâte. Oui... je crois qu'ils sont sur le point de se rencontrer. Mais le terme rencontre ne convient pas vraiment, car il n'y a jamais eu entre eux ce croisement qui fait la rencontre. Disons plutôt qu'ils sont sur le point d'entrer en contact.

Car jusqu'ici on n'a pu observer que cela de cette étrange poursuite : deux marcheurs isolés se promenant sur les quais la nuit, et entre eux un écart calculé, propice aux hésitations de certaines approches, aux abords qu'on veut lents, et favorable à l'homme, qui pouvait de sa position évaluer la femme, ses formes et ses dispositions, s'amuser du jeu de leurs ombres qui parfois allaient se rejoindre entre deux réverbères, s'éloignaient, puis venaient se toucher de nouveau. À la longueur de leurs mouvements, on pouvait ainsi mesurer le rythme de leur marche, réglé sur les incertitudes et les peurs de la femme, qui ponctuait la nuit du bruit des ses pas saccadés ou réguliers, selon l'impulsion les guidant. On savait cependant qu'elle devrait s'arrêter tôt ou tard, laisser les pas de l'homme rejoindre enfin les siens, et qu'il reviendrait alors à cet homme de décider s'il faisait durer leur attente, laissant ainsi languir Léna au bout des quais, ou s'il précipitait son incursion dans le champ de l'image dont il avait lui-même fixé les bornes. Or il semble à les regarder sur cette photographie que l'homme ait opté pour l'image et pour le parfum de Léna.

Cette photo serait donc la première de la série qui nous est parvenue, du moins précéderait-elle celles où cet homme a eu accès à la maison. Mais il y a encore l'autre, la photo dans la ville, où l'on sent Léna apeurée, je ne sais pas si elle vient avant ou s'il convient de la mettre à la fin. Il me faudrait encore quelques indices, dit la femme en regardant l'homme, je n'arrive pas à la situer. Mais celui-ci ne répond pas, car il n'a plus souvenir de cette image ni qu'elle l'ait déjà mentionnée, et il demande de quoi elle veut parler.

Elle lui dit la photo dans la ville, celle où Léna semble avoir peur, je vous ai raconté, dans la ruelle entre les édifices... Mais il ne se rappelle ni cette ruelle qu'essaie de lui décrire la femme en mettant l'accent sur ses ombres, ni les bâtiments qui la bordent. Une ruelle désertée de l'humain, dit-elle, comme un long corridor de pierre éclairé par un ciel opaque qui aurait écrasé ses ombres. Il semble que ce soit la seule issue, d'ailleurs, ce puits de lumière sourde en haut des murs étroits s'inclinant vers le centre. Et puis elle lui dépeint la pierre, la couleur qu'on nommerait par son absence, la sèche réverbération des sons. Mais tout cela ne suggère à l'homme rien qui soit en rapport avec les images dessinées là-bas. Il a au contraire l'impression que le lieu évoqué est plus près d'eux.

Alors il cherche, cherche, va fouiller cette mémoire de laquelle il pourrait douter, jusqu'à enfin comprendre que la femme est passée du côté des images, où ne se mesure plus le temps, et qu'elle confond sa propre histoire avec les peurs d'une autre femme. Voilà ce qu'il conclut, ce vers quoi le dirige l'évocation de cette ruelle, que cette photo n'existe que dans l'esprit fatigué de la femme. Sinon il ne voit pas pourquoi elle mentirait, pourquoi elle inventerait.

Ce doit être la maladie, la fièvre qui ne saurait tarder à la quitter. Aussi va-t-il faire comme s'il se souvenait, pour ne pas la blesser, et demain, lorsqu'elle aura dormi, il lui demandera de lui narrer encore cet épisode, mais elle ne saura pas, et à son tour voudra savoir de quoi il parle. Alors il répondra que cela n'est rien, qu'il pensait tout à coup à autre chose, à une photo possible, à ceci près qu'ils n'auraient pas su la situer.

La description de cette ruelle l'a obsédé toute la journée, car le voilà soudain qui doute, se demande si ce n'est pas lui qui aurait intégré la femme, leur rencontre d'un soir d'automne, dans un cadre issu d'une mémoire lointaine, et malgré que celle-ci soit éveillée depuis longtemps déjà, il ne lui en a pas encore parlé, n'a pas eu ce courage, car peu importe sa réponse, elle mènera au constat que l'un des deux divague, qu'il voit ce qui n'est pas ou qu'il oublie ce qui était hier. Alors il a pris son manteau et a dit qu'il sortait, qu'il avait besoin d'être seul et ne voulait pas qu'elle le suive.

D'en haut elle a vu qu'il allait vers le fleuve, qu'il courbait les épaules et marchait rapidement, comme un homme traqué, et cela lui a vaguement rappelé une autre scène, quelqu'un qu'elle aurait vu s'enfuir, de la même manière, il n'y a pas si longtemps. Elle se demande où cela était puisqu'ils ne sortent pas, et puis elle pense à la photo, la ruelle et ses ombres, et se dit ce doit être cela.

Pourtant dans le souvenir qu'elle a de cette image, Léna n'est pas courbée ainsi, l'inclinaison du corps est à l'inverse, celui-ci rejeté vers l'arrière et s'offrant tout entier à ce qu'il y a devant, sans savoir ce que c'est, mais prêt à se jeter n'importe où le mènera sa peur, pourvu que cela l'emporte, lui fasse oublier ce qu'il y a derrière. On dirait qu'elle cherche l'abîme, la chute, et il y a dans sa course une précipitation vers le devant qu'on ne voit pas chez l'homme, qui se replie sur soi et se protège de toutes parts, mais qui ne semble pas savoir non plus ce qu'il redoute ainsi.

Mais elle peut se tromper... Léna pouvait savoir ce qu'elle fuyait, d'où l'impérieuse nécessité de trouver l'oubli n'importe où. Il faudrait qu'elle aille voir sur la photo, vérifier ce détail qui s'est obscurci à regarder l'homme. Alors elle s'en va vers le lit où sont disposées les photos, cinq photos alignées aux couleurs qu'il faut raviver sans cesse, au parfum qu'il lui faut ramener de quelque détail ignoré, du pli fin de la robe à la base des reins, de l'ombre délicate qui se forme derrière l'oreille, souligne le rose du lobe, ce sont des endroits où le parfum dure, se loge, et où longtemps après on en retrouve encore la trace, il suffit de fermer les yeux et de s'imaginer le froissement des tissus, la tête qui se penche et révèle au passage, dans un léger mouvement de l'air, le parfum à dessein caché.

Ils ont fait cela tout un hiver, janvier et février, ont fait revivre ces images que l'homme a ramenées d'un voyage, d'une ville qu'il a pu inventer, tout comme elle doit inventer les histoires, alors que la boîte a peut-être été trouvée quelque part dans la rue, ou chez quelque antiquaire qui aurait reconnu le client, serait allé chercher la boîte dans son arrière-boutique, en prenant soin d'y mettre le parfum qu'il fallait à la femme, et qui l'aurait remise à l'homme, en parlant de l'endroit où l'on aurait trouvé cette boîte, enfoncée dans la boue d'un rivage, près de quelque rivière ou fleuve transportant les déchets d'une cité immense. Cela aurait suffi à l'homme, et il serait parti avec la boîte.

On ne sait pas... On sait seulement que les photos sont là, et qu'on y retrouve invariablement la femme qu'il a appelée Léna, sans même apercevoir l'opacité du nom, comment il se referme sur tout ce qu'il pourrait contenir, et comment par après il s'ouvre pour se déverser alentour. Un nom qui produit ses images et les anéantit, ainsi qu'on peut le voir sur les photos, cinq photos dont on reconnaît les trois premières, la photo du boudoir, la photo du salon, et celle où Léna se promène sur les quais. Quant aux autres elles nous sont inconnues, mais on voit que l'une d'elles a été prise à l'extérieur de la maison, sur le large balcon, probablement après la réception donnée pour marquer le retour de l'homme. Trois des photos dateraient ainsi de la même nuit : le boudoir, le salon, le balcon, et peut-être aussi la photo nous amenant sur les quais, qui se situerait quelques heures avant ou quelques heures après. Toute l'histoire fabriquée autour de ces photos pourrait ainsi se résumer à une seule nuit, une profonde et interminable nuit qui aurait pris les proportions d'un long et lent été, s'y serait étalée parce que ne pouvant rester enfermée dans ses limites.

Peut-être... et vainement l'on avait espéré que la cinquième photo réponde à cette question. Or il s'agit d'une photo blanche, blanchie, où l'on ne peut distinguer que des traits pâles. Une image effacée par un trop de lumière, peut-être alors prise en plein jour, là-bas, en ces heures dont même l'appareil du photographe n'aurait pu saisir la déroute.

C'est sur cette photo blanche que se penche à son tour la femme, qui la prend et reste muette, n'y retrouvant pas l'image attendue, et qui immédiatement songe à la toile et aux couleurs absentes, à ce qu'y voyait l'homme qu'elle croyait insensé.

Elle repense à cette scène où elle avait été frappée par la blancheur d'une toile qu'il prétendait salie, puis revoit le décor qu'elle percevait encore hier sur la photo, et associe ces deux blancheurs, et tout encore redevient noir, tandis qu'il n'y a plus devant elle que ce rectangle blanc et qui l'aveugle, et qu'elle va instinctivement cacher sous cet autre rectangle blanc, frais, de l'oreiller où elle va un instant poser sa tête.

Il a demandé à voir les photos en revenant de sa marche, et la femme a conclu qu'il savait, qu'il s'était aperçu que la cinquième photo n'existait pas, mais elle ne comprend pas pourquoi, comment il aurait deviné.

Ce qu'elle ne comprend pas non plus c'est ce brusque changement d'attitude, pourquoi l'homme aujourd'hui ne craint plus le contact direct avec toutes ces images qu'il voulait faire revivre par les seules évocations de la voix, du mot, pour ne pas entacher le souvenir, c'est ce qu'il lui disait, garder intact le travail minutieux de la mémoire qui avait poli les contours, usé là où il le fallait, ne révélant ainsi que les strates inférieures de l'image, celles où le souvenir prend sa forme.

Il voulait ces embellissements du temps et ces épurations plus proches, disait-il, de la vérité d'un désir pas encore défini au moment de l'image, son arrêt sur la pellicule. Il craignait l'inachèvement des photos, leur trop stricte fidélité aux surfaces visibles. Alors elle ne peut s'expliquer pourquoi, d'une nuit à une autre, il n'a plus peur d'être déçu, et elle essaie de le convaincre qu'il vaut mieux ne pas regarder, que cela ne pourra qu'éloigner Léna encore, ou ce qui serait pire, la faire fuir à jamais.

Mais il n'entend pas ces exhortations, il lui dit qu'il a réfléchi alors qu'il marchait près du fleuve, et qu'il doit regarder avant que le souvenir s'épuise et qu'à force de manipulations, la ville en devienne méconnaissable. Il dit que son regard a besoin de quelques repères, qu'il doit le confronter à des formes plus stables, pour après comparer le rendu de l'image avec celui du temps.

Cela est nécessaire, voyez, pour compléter la toile qui croupit dans son coin et que je n'arrive plus à peindre. Il me faut ajouter du rouge pour montrer la pureté des blancs, mais aussi leurs limites, sinon l'histoire un jour va se résorber dans ces blancs livrés à eux, et puis être absorbée par un trou laissé là, pas vu. Je dois maintenant peindre d'après modèle, du moins en vérifier l'exactitude et l'existence.

Et il ne mentionne pas le désir qu'il aurait de voir blanchir les photos une à une, jusqu'à l'oubli total, du fond duquel il ne saurait plus distinguer la ville, le fleuve, ni même cette forme floue, on dirait presque une femme, qu'on voit passer la nuit à la lisière de la couche d'eau sombre et de l'autre plus claire, quasi luminescente, qui se meut par-dessus. Mais il voudrait avant recouvrer les couleurs, essayer de comprendre après toutes ces années si elles avaient un sens, pour ensuite laisser s'écouler dessus un blanc qui ne serait plus celui de l'ignorance.

Alors il se dirige vers la femme, le lit, et ce qu'elle tient entre ses mains humides réunies sur ses cuisses, près du ventre qui se contracte. Puis il s'assoit près d'elle et va glisser doucement sa main sous les deux siennes, où il sent la chaleur des membres contractés, et il fait un à un se desserrer les doigts, en pressant simplement un peu plus fort les cuisses, et la femme lui remet les photos.

Il voit d'abord qu'il en manque une et qu'il avait probablement raison de mettre en doute le récit qui s'y rapportait. Mais il lui en parlera plus tard, après qu'il aura vérifié si la photo de cette ruelle ne se trouve pas parmi les quatre qu'il tient entre ses mains. Il les regarde donc une à une, lentement, et puis de plus en plus lentement, muet, se retrouvant soudain en terrain étranger et ne reconnaissant pas les photos, bien que leurs composantes et la disposition de leurs détails soient conformes au souvenir qu'il en garde et aux descriptions de la femme. La distance et la différence ne se situent pas là, non, mais dans ces atmosphères qui s'en dégagent, dans la curieuse intensité des tons et la force des lignes qui vont d'un élément ou d'un ensemble à l'autre.

Il ne reconnaît pas Léna non plus, dont les os saillent sous la robe légère. Et pourtant il s'agit bien d'elle... les cheveux coupés court, la trace de la main qui y passe et repasse, en partant de la nuque jusqu'au sommet du crâne, comme si elle devait vérifier toujours que les cheveux sont là. Il avait oublié ce geste, qu'on comprend rien qu'à regarder le désordre de la chevelure. Pourtant la femme n'avait relevé dans ses histoires que la ligne brisée des cheveux sur la nuque, l'impatience qu'on y soupçonne dans le trait du ciseau.

Alors sans s'arrêter il refait le tour des photos, comparant les déconstructions de sa mémoire avec les interprétations avancées par la femme, si bien qu'il n'arrive plus à préciser d'où provient l'étrangeté qu'il ressent, de lui ou de la femme, qui aurait donné aux histoires la couleur qu'elle voulait, repeignant les photos sans cesse, en faisant un canevas dont elle n'aurait respecté que les contours francs.

Ainsi durant des mois cette femme aurait raconté des histoires qu'elle était seule à voir, et durant tous ces mois il aurait entendu des récits que nul ne racontait... Il aurait toutefois tort de s'étonner, il est normal que n'entendant aucune protestation lorsqu'elle s'autorisait certaines déviations, la femme ait pris la liberté de repousser aussi le cadre des photos, et puis de pénétrer la ville via cette ruelle obscure où s'enfuyait Léna. L'invention de cette autre image n'aurait alors rien d'illogique, puisqu'en somme elle serait immanente au récit entrepris, ne serait-ce qu'en fonction de son ouverture sur la nuit, qui permet ces débordements de l'intuition.

Là doit être l'explication, mais il ne devra plus la laisser s'égarer de la sorte, sinon l'histoire ira dans tous les sens et ils s'écarteront sans cesse, comme deux lignes parallèles qui auraient fini par atteindre leur point de divergence, ou se seraient multipliées, traçant ainsi le plan d'une ville excentrique où serpenteraient dix fleuves. Oui, il devra désormais veiller à ce qu'ils ne s'éloignent plus, même s'il doit être confronté pour cela à ce qu'il redoutait : l'image telle que fixée dans un temps révolu.

Il devra aussi la contraindre à restituer l'autre photo, qui avait été prise avec vue du jardin, croit-il, la nuit, ou bien à la tombée du jour, quand les formes se découpent noires, à cette heure qu'on dit la brunante, l'heure entre chien et loup.

Il était là, tout près de l'oreiller, un minuscule rectangle de papier glacé sur lequel s'étalaient les cheveux de la femme, qui croyait durant son sommeil protéger ce mensonge. Il avait glissé peu à peu, et l'homme n'avait eu qu'à repousser la chevelure défaite pour voir qu'il s'agissait de la photo manquante, et que ce n'était même plus une photo, mais un amas de formes pâles auxquelles on aurait pu faire dire ce qu'on voulait.

Ainsi le processus secrètement espéré s'était amorcé sans l'attendre. Ainsi le blanc, depuis un temps que son éloignement des photos ne lui permettait pas de mesurer, avait déjà commencé à brouiller les pistes, et plus jamais il ne pourrait savoir ce que cachait la sensibilité de cette surface, une femme apeurée et fuyant la lumière, ou un couple tranquille arpentant un jardin au moment indécis où cette lumière hésite à plonger dans la nuit.

Mais on aurait aussi bien pu y voir une barque, sur un fleuve à la fin d'un été, avant que la pluie vienne, et à bord de la barque un homme, et sur les mains de l'homme le souvenir délicat d'un corps de femme, doux, au point qu'on doutait de sa vérité, et qu'on cherchait encore, dans les sillons près de la barque, la confirmation du souvenir.

La photo blanche est retournée sous l'oreiller, là où à tour de rôle ils pourront en secret aller voir cet objet qui contient dans son effacement le délire qu'ils attribueront à l'autre, la femme ayant fini par croire que l'homme avait oublié l'existence de la cinquième image, et lui maintenant la femme dans cette innocente illusion.

Il n'en sera donc jamais question entre eux, et plus jamais question dans cette histoire qu'ils se racontent, et qui dorénavant va s'appuyer sur les quatre pivots formés par les autres photos. D'ailleurs le nombre quatre est un nombre plus stable, qui leur évitera ces déséquilibres qu'aurait pu entraîner un cinquième élément, ces glissades en spirale où ils auraient été tentés par l'impossible quadrature d'un cercle qui n'existe pas. Non... ils vont chercher à prendre des photos qui restent tout ce qu'il est possible avant leur oblitération, et à les aborder selon des ordres et des figures logiques, qui toujours ne pourront aboutir qu'au carré, au rectangle, ou encore à la ligne, à ce qui n'admet pas les détours ou qui se donne à angle droit, avec des coupures nettes et franches.

Quant à tout ce qui pourrait se trouver aux deux extrémités de la figure résultant d'un simple alignement des quatre images, il reviendra à eux de décider s'ils s'en occupent, ou s'ils restent enfermés dans cette ligne qu'ils pourront déclarer finie.

Ainsi l'homme a quitté sa place au centre de la pièce et il se tient près d'elle, sur le grand lit défait, pour mieux voir les photos lorsqu'elle les lui raconte.

Aujourd'hui ils ont pris les quatre images, dont ils ont essayé, au cours des derniers jours, d'imaginer l'ordre possible, refaisant les combinaisons, regroupant les photos selon leur humeur du moment, la photo du salon et la photo du port, l'une devant l'autre, respectivement, et puis inversement, le port et le salon, le retour au dedans.

Ils ont convenu pour le moment d'un ordre qui leur paraît probable : le port, le boudoir, le salon, et enfin le balcon, de façon à ne pas boucler la boucle, à ne pas s'enfermer dans la maison. Ils voulaient laisser à l'histoire cette ouverture vers le dehors, la nuit, et vers le fleuve aussi, dans l'espoir de s'être trompés sur le sort de Léna. D'ailleurs la femme n'a jamais su ce qu'il était advenu d'elle, l'homme ne l'a jamais dit, mais elle a fini par conclure qu'elle s'était jetée dans le fleuve, un soir où le bateau qu'elle venait y attendre n'avait pas regagné le port, plus capable d'attendre encore, trop lasse, ou bien qu'elle s'était laissée tomber dans l'eau froide, attirée par le miroitement de son image qui semblait tant s'y reposer.

Elle n'a jamais su ce qu'était devenue Léna, mais elle n'a pas pensé qu'on avait pu l'aider à s'en aller, anticiper l'inévitable chute pour calmer la douleur de cette femme et soulager son propre mal, le geste euthanasique ayant ce double effet, à ceci près que dans un cas la résorption de la douleur est lente, sujette à des rechutes, et dans l'autre immédiate.

Il n'avait pas pensé non plus, quand la barque avait chaviré, à la passation des souffrances dans la dernière supplication de l'œil, dans la froideur de la main blanche qui se raccroche encore un peu. Il aurait pourtant dû, car cette contagion est déjà visible sur la dernière photo, où Léna se tient droite et seule sur le balcon, résignée, dirait-on, à faire ce qu'on a décidé pour elle et à abandonner ses peurs à qui voudrait les prendre.

Il a pris la photo une autre fois et la regarde attentivement, essayant d'y trouver le signe qui résoudrait le doute, et comme il n'y décèle rien qui puisse calmer son anxiété, il remet la photo en place, et il reste assis là, près de ces photos silencieuses, à regarder la nuit tomber sur les corps immobiles et noirs qu'un peu de lumière a captés jadis. Un silence entre eux s'est logé, entre l'homme et ces corps qu'on dirait statufiés, et c'est à cela qu'ils se comprennent, croit deviner la femme, à ce silence, à cela que l'homme en connaît la substance. Mais plus tard quelques mots seront dits, par l'homme, sur la nécessité de ces espaces entre eux, et ils ne prononceront plus rien de toute la nuit, si ce n'est que le printemps semble revenir, et qu'ils pourront bientôt aller se promener tranquillement au fleuve.

Il est ainsi des nuits, depuis que l'homme a voulu regarder les photos et rejoindre la femme, où ils laissent parler les images, les histoires se forger d'elles-mêmes. Ils s'assoient sur le lit, choisissent les photos, leur ordre, et la nuit ne leur arrache plus que quelques phrases, de plus en plus inaccessibles à l'autre, issues de ce point de l'histoire où chacun d'eux se trouve. C'est alors qu'il s'en va vers des lieux étrangers que ne reconnaît pas la femme, des lieux par lui seul visités et par lui seul compris. Et c'est quand il semble aborder ces terres lointaines qu'il lui dit qu'il va repartir un jour, qu'il va retourner vers le sud, retrouver ce pays où il fait toujours chaud.

Mais la femme est persuadée qu'il ne repartira jamais, et que s'il repartait il ne trouverait pas le pays, se perdrait en chemin, confondrait les berges des fleuves et les couleurs des villes. Elle le laisse malgré cela parler, lui dire qu'il ne pourra l'amener, pas cette fois, mais peut-être la fois d'après, sitôt qu'il aura mesuré les distances et repéré les lieux. Puis elle jette un dernier coup d'œil aux photos de là-bas, et essaie de s'imaginer à travers elles les visages indifféremment blanchis que l'homme en ces soirs silencieux va tirer de quelque détail obscur pour les étaler sur la toile et sur l'ensemble des images.

On sent que la pluie va venir, enfin, laver les neiges sales et la poussière d'hiver. On le perçoit dans les gris dégradés du ciel qui s'étale plus bas, pèse sur la clarté, et recouvre l'étroite ligne de froid que l'hiver maintient constamment à l'horizon. Des couleurs plus égales, dont l'uniformité apaise, et qui reposent un peu de ces couleurs d'hiver qu'on ne saurait plus supporter, qu'on a traînées des mois durant, espérant ce matin où l'on verrait enfin la pluie, et où l'on n'aurait plus à craindre le départ imprévu de l'autre, l'abandon de sa résistance au froid.

Car certains n'y résistent pas. Ceux-là qui ont perdu la foi, peut-être, et qui vivent dans l'idée des cycles, du retour éternel de l'hiver, de son recommencement avant même qu'on en ait atteint le terme. Ils partent ainsi de cette conscience accrue des cycles, alors que d'autres en vivent, inversent la proposition, se disant qu'un beau jour le printemps reviendra, et qu'il en sera toujours ainsi, jusqu'à la fin du temps qui leur est dévolu.

Ainsi l'homme et la femme se sont-ils eux aussi maintenus dans l'espoir du printemps, des semaines et des mois, puis il est arrivé, presque, on l'a su ce matin avant même de tirer les rideaux, dans le calme soudain où semblaient baigner les objets, le silence d'avant la pluie, et la brise légère, chargée d'une odeur d'eau. Puis on a ouvert les rideaux et laissé entrer cette lumière qui effleurait à peine, une lumière diffuse, suspendue comme une bruine. Et on a attendu que la pluie vienne, doucement, sans aucune impatience, puisqu'on la savait proche. On était même heureux de pouvoir jouir de cette attente, de ces heures se creusant et où l'apparente immobilité du temps isole certains bruits, le café qui descend goutte à goutte, le bois qui craque sous les pas... Des heures où on a l'impression d'être là, malgré la ténuité de l'impression et la fragilité de ce rapport aux choses qu'un rien pourrait anéantir, un rien, et nous éclipser en même temps. On a laissé passer ces heures en essayant de ne rien briser.

La pluie qu'on attendait a percé les nuages en fin d'après-midi. De leurs fenêtres ils l'ont vue arriver, une pluie fine, d'abord, qui noircit lentement les pavés, et puis de plus en plus violente et drue, qu'on entend marteler les vitres et les toitures, et qui se calme encore, redevient presque silencieuse.

Ils sont restés ainsi à regarder jusqu'à ce que le soir tombe, et puis l'homme accordant son ton à la mélancolie de ce qui s'arrête et se retire, a murmuré doucement que Léna s'était en allée avec la pluie, en un jour en tout point semblable à celui-là, sauf qu'il marquait la fin d'un long été qui l'avait faite atrocement pâle, d'une pâleur semblable à la vôtre, a-t-il pris soin de préciser. Et puis il s'est mis à fixer la femme, pour peu à peu se rendre compte de la blancheur effective de son teint, qu'il n'avait jamais remarquée vraiment, qu'il nommait sans la concevoir.

Depuis il ne l'a pas quittée des yeux, se demandant si cette impression qui s'affirme n'est que l'effet du rapprochement physique auquel les écarts de la femme l'ont depuis peu contraint, l'effet de sa présence à ses côtés sur le grand lit, car elle lui semble différente, et tout à coup ne plus se ressembler.

Il voit d'ailleurs que l'hiver l'a maigrie, et que sa chevelure a poussé, une chevelure souple et sombre dont on pourrait faire un chignon, pareil à celui de la femme en rouge sur la troisième photo. Alors il se rapproche un peu et fait glisser ses mains le long des tempes, de façon à ramener les cheveux en arrière. Ils sont fins, les cheveux, doux, et il ressent un sentiment curieux au contact du cou, mince, comme celui de Léna, il n'avait pas remarqué cela. Il repousse encore ces cheveux pour mesurer la symétrie des formes, des angles, la ressemblance des textures, et il fait glisser son index sur le tendon qui en accentue la maigreur et précise en même temps le dessin de la ligne externe. Et tout cela le bouleverse un peu, ce souvenir qu'ont gardé les mains, l'incroyable mémoire de la peau tendre au creux des paumes, la similarité des sensations, comme si c'était Léna qu'il tenait devant lui.

Alors il dit encore que Léna s'était en allée un jour semblable à celui-là, mais que c'était avant la pluie, l'été, et qu'on ne craignait pas le froid. Il dit sa peau était trempée et avait des odeurs de sel, puis il desserre lentement l'étreinte dans laquelle il tenait la femme et il sort marcher dans les rues luisantes, faire laver sa sueur et calmer le tremblement de ses mains.

Dehors les réverbères venaient de s'allumer, formant sur les pavés des plaques larges et luisantes où pouvaient se mirer les passants, et qui trompaient l'opacité de ces matières autrement mates, le bois, la pierre... Il pouvait donc voir ses longs membres, l'homme, lorsqu'il s'approchait des lumières, flotter sur cette eau mince et sale où apparaissaient d'autres membres, des bras blancs de jeune femme qui se laissaient porter par le courant, sans chercher à s'accrocher à la barque ou à la main trop tard tendue.

Pourtant il ne l'avait pas tuée. Il l'avait simplement aidée à entreprendre ce voyage dont elle lui parlait tant. Il n'avait fait qu'anticiper l'inéluctable, s'octroyant un pouvoir factice, croyant décider du moment pour l'autre, du temps venu pour le repos.

Il n'avait tout au plus été que le passif exécutant d'une volonté où ne subsistait nul regret. Car il se souvient bien du corps, qui appelait doucement l'eau comme on doit invoquer la mort. Il se souvient du temps, des ombres, de la nécessité du geste, il se souvient et sait, et pourtant il ne peut ignorer ce désir, morbide, qui s'était insinué jusqu'au creux de son ventre quand ses mains avaient caressé le cou, ce désir près de la jouissance, en lui, d'être celui par qui ce corps atteindrait au repos.

Alors l'eau s'était agitée un peu, en figures concentriques qui se perdraient avant d'avoir atteint la berge. Et puis la pluie était venue, et le fleuve de nouveau s'était couvert de cercles, des dizaines, des milliers de minuscules cercles qui se frappaient et se brisaient, et la barque avec eux avait dérivé jusqu'après l'averse.

Il ne l'avait pas tuée, non, il l'avait simplement aidée.

Il a repris sa place au centre de la pièce, mais seulement pour une nuit, parce qu'il avait envie de se faire raconter une histoire comme avant, quand les photos n'étaient pour lui que des souvenirs, les images d'un rêve qu'il rêvait à nouveau. C'est la raison qu'il a donnée pour pouvoir observer la femme d'un peu plus loin, et pour n'avoir pas à lui dire ce qui depuis hier l'obsède, et qui tient à l'étrange parenté que ses mains ont perçue en parcourant le cou, car s'il croit que certains souvenirs de l'œil sont infidèles, subvertissent le modèle pour le rendre plus vrai, il a toujours estimé qu'à l'inverse la mémoire du toucher, qui des années après peut retrouver une émotion intacte, ne connaissait pas ces dérogations.

Alors il ne comprend pas la nature du trouble qui l'a saisi hier quand il touchait le cou, dont il lui semblait reconnaître jusqu'au moindre détail, jusqu'à ce petit point, près de la jugulaire, cette petite aspérité où son ongle accrochait, un défaut de la régularité où le doigt aime à insister, dans un mouvement de va-et-vient qui cherche à en identifier la forme et l'épaisseur. Il a bien reconnu le point, s'attendait même à le retrouver là, à ce détour précis, lorsque les doigts après avoir tâté le pouls se glissent vers la gorge.

Il sait que cela est impossible, et pourtant le minuscule grain est là, qui ne saurait être l'effet du simple hasard. Il a retourné cette question cent fois dans son esprit, et il a conclu que l'identité perçue ne devait pas provenir d'une imperfection du souvenir, mais de la confusion de ses divers objets. Il croit que l'apparente coïncidence, la symétrie des deux physionomies, de leurs marques exactes, doit plutôt être liée au fait d'avoir déjà touché la femme, dans un presque délire où il l'aurait associée à Léna. Il sait que cela est arrivé, parfois, il sait qu'après tout était noir.

Malgré cela il a préféré rester à une certaine distance pour quelque temps, c'est-à-dire tant que son malaise persistera, afin de résister au désir de toucher encore et de vouloir aller plus loin dans ce toucher, de s'exciter et de vouloir s'approprier le reste, le souffle, ce qui bat au-dedans du cou. Il s'est donc assis sur sa chaise, restée au même endroit, et a demandé à la femme de lui raconter une photo, la photo du balcon, qu'ils ont mise à la fin parce que cela leur semblait une image de fin, cette femme qui se tient seule sur un large balcon, face à un salon vide et qui le semble irrémédiablement, comme si plus rien jamais ne devait se produire en ce lieu.

C'est ce que dit la femme, que c'est un endroit triste et vide, vidé, où tout ce qu'on aurait pu dire a été prononcé, c'est-à-dire presque rien, des choses qu'on aurait aussi bien pu taire sans que cela n'altère l'équilibre des lieux. Car c'est un endroit fait pour le presque silence, ou du moins qui l'admet, un salon fait pour les musiques douces. On sent que la musique y a laissé sa trace encore plus que les mots, et on a presque l'impression de l'entendre en sourdine, rien qu'à regarder les objets et la disposition des meubles, qui laissent au centre de la pièce un espace où les corps peuvent aller se rejoindre.

C'est ce qu'elle doit voir du balcon, Léna, entendre, deux corps enlacés et qui dansent dans la musique qui persiste, malgré que le bras du phono soit arrivé au centre de la plage, noire, muette, du disque aussi usé que les fleurs du tapis. Deux corps, des genoux qui s'effleurent, des jambes qui insistent, l'ouverture du tissu de soie rouge dont est vêtue la femme, et une main à la peau tannée qui va s'insinuer là, dans la fente allongée de la robe. C'est tout ce qu'elle doit percevoir, et peut-être l'excitation dans le souffle de l'homme, dans la fébrilité des mains glissant le long des jambes. Quant à la femme en rouge, elle n'a d'identité que celle associée au vêtement, rien qui puisse traduire l'émotion, c'est une femme se laissant danser, et qui veut tout au plus masquer son immense fatigue.

Elle se sent lasse aussi, Léna, on le devine à l'effort que doit faire son dos pour rester droit, et je crois qu'à l'instant de la photo, c'est son seul sentiment, un épuisement profond, et qu'elle va s'en aller bientôt, chercher un endroit protégé des bruits où elle pourra se reposer. Cette fois pourtant elle ne reviendra pas, puisqu'elle sait la maison vidée, comme elle, morte de sa fatigue et de ses pensées blanches.

Peut-être ira-t-elle vers le fleuve pour s'embarquer à bord d'un bateau qui quittera le port avec le jour. Il se peut qu'elle soit attirée par la désolation des quais, les premières lueurs du matin sur l'eau, le fleuve alors pris dans un large écran de brume qui lui voilerait l'étendue de la mer, au loin, et qu'alors elle oublie ses peurs et parte enfin pour ce pays rêvé.

Peut-être... mais une chose est certaine, on ne la verra plus jamais apparaître le soir aux fenêtres éclairées de la maison, s'y promener sans but, tranquille, s'asseoir face à la nuit. La maison va se refermer, les lampes et les lustres s'éteindre, et puis l'homme y venir de moins en moins souvent, jusqu'à ne plus venir du tout, ou peut-être une fois l'an, pour le rappel de la mémoire, et ne pas oublier la musique, une musique douce, qui venait semblait-il de la disposition des meubles et des couleurs fanées.

Il s'est éveillé sur le lit, près d'elle, mais ne peut se rappeller comment il est arrivé là. Il se souvient d'une vague histoire, de Léna qui partait, s'en allait en voyage, mais il a oublié le reste, comment se terminait l'histoire, et puis ce qu'il a fait après que la femme ait remis la photo dans la boîte et dit que son histoire était finie.

Il lui demandera tantôt ce qu'ils ont fait, pourquoi il est venu dormir près d'elle, et si le sommeil est venu tout de suite ou s'ils l'ont provoqué ensemble, en parlant des détails obsédants de certaines anatomies.

Tantôt, car pour l'instant il n'aurait pas envie de la sortir de l'immobilité presque parfaite où le sommeil la tient. Il est rare qu'il ait l'occasion de l'observer ainsi, de si près, quand le corps est privé de la pensée de soi. Alors il la regarde, malgré qu'il sache tout le danger qu'il y a à regarder quelqu'un dormir, tout ce qu'on peut apprendre ainsi, sur soi tout autant que sur l'autre, sur la fragilité et la banalité des êtres tels qu'ils ne se savent pas. Il connaît l'indécence, la part de trahison que cela comporte, mais il le fait quand même. Il a besoin de ce pouvoir pour compenser l'autorité que pourrait confier à la femme sa position de femme par rapport aux photos, se protéger du lien qui pourrait se tisser entre elle et les deux autres. Il veut se donner d'elle des images hors de sa portée et de la portée des miroirs, ainsi qu'elle en garde de lui, de ses moments d'absence, qu'elle est seule à connaître et dont elle peut faire ce que bon lui semble.

Mais il ne veut pas seulement le visage, il voudrait l'être en son entier, percevoir quelles sont les douleurs et les jouissances qu'on voit courir sous la peau tendre des paupières, alors il fait glisser la couverture et remonte des pieds jusqu'en haut, jusqu'à la chevelure étalée, on dirait une chose morte, abandonnée sur l'oreiller. C'est par là qu'il va commencer, par ce mélange étrange du mort et du vivant, qui ne distingue en rien le cadavre du corps qui vit, cette chose privée de sensibilité, n'ayant pour elle que la trouble sensualité de ce qu'on peut presser et mordre sans attendre le cri. Une simple texture, le prolongement soyeux par lequel on arrive au crâne, à ses aspérités, à l'idée du squelette, qui en cet endroit plus qu'ailleurs cherche à se camoufler.

Elle a les cheveux sombres, de la même lourdeur que ceux de la femme en rouge, il l'avait bien vu l'autre soir. Du bout des doigts il touche alors, caresse, obtient la sensation qu'il s'attendait à trouver là, le plaisir de la main glissant sur la matière soyeuse qui se sépare entre les doigts. C'est un plaisir connu, qu'on peut anticiper, et qui pourtant procure à l'homme une sorte de dégoût, comme le ferait une peau de bête étendue sur une table, les relents de ses odeurs froides. Il aurait besoin de toucher la femme, le chaud, de savoir que ces longs cheveux ne sont pas détachés du reste. Il n'aurait qu'à tirer, au fond, qu'à resserrer sa poigne et qu'à ramener sa main d'un geste brusque, mais il préfère encore regarder le sommeil. Alors il fait glisser sa large main sur le revers des draps, et il se borne à regarder la peau. C'est une peau laiteuse, sous laquelle on peut voir le bleu du sang, et qui contraste avec la noirceur des cheveux. Une peau qui pourrait ressembler à la peau de Léna, cette fois, et dont le blanc n'est altéré par aucune marque ni rougeur, mais qui porte les traces de l'âge, on le voit aux fins plis se creusant près des articulations, au dessèchement irréversible, quoique encore facile à cacher, à dissimuler dans l'étreinte. Car elle semble encore douce, mais pas de la douceur flasque du vieillissement, d'une douceur qu'on peut convoiter, oui, vouloir prendre.

Mais il ne prendra pas non plus, pas tout de suite, il va continuer le détail de cette blancheur et de ces minuscules points noirs clairsemés sur le blanc, et qui en accentuent la luminosité. Instinctivement son regard le ramène alors à ce point sur le cou, une légère aspérité, que pour l'instant recouvre la chevelure. Curieux que cette femme réunisse en elle ce qui distinguait les deux autres, dans une fusion presque parfaite, et qui pourtant fait paraître l'ensemble faux, comme s'il avait concédé son identité à la trouble dualité de ce qui n'existait que par con-traste. Mais il ne s'arrête pas à cette étrange réunion des contraires, qui doit être un effet du hasard, de ce qu'on nomme ainsi, et qui instinctivement l'aura mené vers elle.

Et puis il oublie son désir de regarder seulement, et sa main va chercher l'aspérité sous les cheveux, en effleurant le bras et l'épaule au passage. Alors la femme ouvre les yeux et il voit qu'ils sont bleus, d'un bleu qui se perd en lui-même et s'effraie de se savoir vu, mais cela ne l'étonne pas non plus. C'est à force de raconter, croit-il, d'essayer de comprendre, il se crée ainsi des identités, par un jeu de reflets qui tend à modifier les contours malléables, les couleurs pas encore fixées.

C'est au contact des histoires, dit-il, ajoutant pour la femme inquiète qu'il n'y a pas lieu de s'alarmer, qu'il n'a pas regardé longtemps et qu'il n'a presque pas touché, et puis il lui demande de lui raconter en détail ce qui est arrivé hier, ce qu'ils ont fait avant de s'endormir. Mais elle voudrait d'abord savoir quel jour on est, s'il pleut dehors ou s'il fait ce temps qu'on dit beau, et qu'il s'éloigne un peu, la laisse aborder le jour en silence. Il lui tourne donc le dos et lui laisse le temps nécessaire pour regagner l'appartement. Après elle dit qu'ils n'ont rien fait, qu'ils sont restés enlacés jusqu'à l'aube, à danser comme il leur arrive, et qu'ils se sont endormis de leur épuisement, votre corps près du mien, dit-elle, tel qu'il était quand nous dansions. Mais il voudrait en savoir plus, quelle était la musique et ce qu'ils ont dansé, et s'il a dit des choses, et s'il a murmuré.

Elle lui répond que la musique était celle du salon de Léna, et que la danse s'accordait à son rythme, une légère oscillation, pas tout à fait une danse, un mouvement circulaire et lent des corps qui cherchent à se replier sur eux-mêmes en prenant appui sur celui de l'autre. Puis elle ajoute qu'il a prononcé quelques mots qu'elle n'a pas entendus, mêlés à la musique.

Mais il croit se souvenir, dans la gravité de cette voix pas encore extirpée du sommeil, qu'il a dû parler d'une robe rouge, de la chaleur qui aurait dû s'en dégager, de la froideur qui par contraste s'opposait à son désir. Il croit, mais comment distinguer ce qui lui vient du rêve de ce qui appartient à ses absences... Et puis sa réflexion le fait sourire, car en quoi se différencient les rêves et les absences, il s'agit toujours d'un départ, d'un besoin de repos. C'est ce qu'il répond à la femme qui veut savoir ce qui l'amuse. Il dit qu'il sourit de l'absurdité du désir de comprendre, quand la nuit s'évertue à brouiller les images, et cependant elle voit que le sourire s'efface, s'égare, pendant que le regard de l'homme fixe un point quelque part, jusqu'à cette immobilité qui n'est plus du regard, mais une sorte d'exil.

On les a vus sortir ensemble, ils ne l'avaient pas fait depuis que la femme a été malade, c'est du moins le mot employé alors par l'homme pour nommer son état d'abattement, mais le temps leur semblait si beau ce soir qu'ils n'ont pu se résoudre à rester dans l'appartement.

Maintenant ils sont assis au bord de l'eau et leurs deux silhouettes inclinées, repliées sur elles-mêmes, se confondent aux rochers que la marée découvre. Ils sont là depuis quelques heures et ils parlent tout bas, si bien qu'on ne pourrait deviner au seul bruit de la voix qu'il y a un couple assis sur le rivage. Il faut se rapprocher un peu et retenir son souffle, comme on fait quand on veut saisir les bruits de la nuit calme, pour capter ces murmures que l'on croirait surgis de l'eau. Il faut aussi scruter attentivement la rive pour voir enfin ces deux pierres arrondies, plus sombres que les autres, et qui ont la forme de corps penchés, l'un plus robuste et l'autre frêle, et pour s'apercevoir que ce ne sont pas des pierres, mais un homme et une femme. Puis on se dit qu'ils semblent bien, là, que sans eux il y aurait un trou dans le relief bas des caps et dans les rumeurs de la nuit.

Pourtant ce qu'ils racontent est simple, leurs propos se rapportent à une femme, emportée par un fleuve il y a de cela longtemps, et qu'on apercevrait parfois se promenant sous les eaux. Il dit d'ailleurs qu'elle avait un corps fait pour l'eau, l'homme, pour la pluie et le vent, qu'elle n'aurait pas dû naître dans cet impossible pays, mais ailleurs, sur les bords d'une mer agitée, dans un décor changeant où sa pensée n'aurait pu se fixer sur l'idée de l'arrêt. Il dit qu'il lui aurait fallu un paysage instable, où elle n'aurait pu se pencher longtemps, qui sans répit l'aurait surprise et déviée de ses longues haltes. Car elle avait fini par se plier à l'exaspérante lenteur du fleuve, devenant aussi calme que lui, aussi lente et tranquille, sous l'effet des trop lourdes moiteurs qui faisaient les voix basses, incapables d'éclats et de cris.

C'est ce que prétend l'homme, et puis c'est la femme après lui qui reprend la parole, on peut le percevoir d'en haut, de l'escarpement de la berge, aux modulations des tonalités qui passent ainsi du grave au plus aigu, du son qui semblait faire corps avec les deux pierres, vibrer au ras du sol, à celui qui maintenant s'en élève, cherche à fuir l'attraction des matières pour se perdre dans l'air. On entend ce son qui s'en va, pour ainsi dire les quitte, et on entend qu'elle parle d'un pays, la voix, où elle n'aurait jamais été, mais qu'elle a l'impression de comprendre à tel point qu'elle pourrait le décrire jusque dans ses mensonges. Puis elle ajoute immédiatement, comme si l'aveu de ce savoir comportait un danger, que ce n'est là qu'une impression, car elle sait le pays troué, rempli de vides et de creux qu'elle ne saurait combler. Elle dit que malgré cela elle comprend la chaleur de là-bas, qu'elle a le sentiment de la porter en elle, bien qu'elle n'ait connu jusqu'ici que des climats contraires. Elle croit que cela est dû aux vapeurs que le temps a mises sur les images, qui s'ajoutent aux vapeurs déjà là, et qui vous font sentir l'épaisseur de l'écran humide qui alourdit les sens et force à l'indolence. Elle dit je comprends ce désir de l'eau, et qu'on puisse le voir, tout cela doit finir par s'inscrire dans la forme des gestes. Et puis la voix se tait, laisse à son tour parler le fleuve, pendant que l'ombre de la femme va s'incliner encore, pour peut-être dormir, la tête ainsi posée sur les genoux.

Mais elle ne pourra pas dormir car il y a la marée qui vient, et le souffle de l'homme, entrecoupé de mots apparemment sans suite, et qui ne sont que le débordement de la pensée, de ce que l'esprit n'est plus capable de retenir. On dirait le sommet des vagues, et leur frémissement sur le sable, lorsque après le mot la main tremble. Elle a senti ce tremblement et se rapproche encore, appuie plus fort son bras contre celui de l'homme pour lui faire sentir la moiteur du pays qui s'est englouti en elle, le courant chaud qui en émane et qui parcourt le flanc, s'en va vers les zones plus creuses, prêtes à être remplies sans cesse.

Mais l'homme ne peut pas avoir froid puisqu'il a aussi ce pays en lui. Il frémit d'avoir reconnu la femme qui se serre contre lui, de n'avoir plus de doute sur sa ressemblance avec les deux autres, et de ne cependant pas savoir à laquelle il faudrait l'identifier.

Il marche dans la ville, dans le brouillard épais des soirs chauds de printemps, exhalé par les neiges fondues, mouvant, et qui semble irréel en raison de cette mouvance étrange. C'est comme s'il se détachait des objets, des murs, poussé par un vent qui n'existe pas, un souffle né de quelque illusion de l'esprit.

Car la nuit est d'un calme étonnant, malgré la pluie qui tombe et qu'on entend à peine, pas plus que les bruits familiers, qui semblent eux aussi absorbés par l'étanchéité de ce brouillard. On n'entend même pas les pas de cet homme dont les pieds lourdement chaussés parcourent les rues étroites et sales de ce petit quadrilatère obscur, bordé d'un côté par le fleuve, de l'autre par la ville, et à ses frontières est et ouest, par de grands bassins d'eau gelée auprès desquels achèvent de s'écailler les coques des bateaux démâtés pour l'hiver.

C'est un soir qui confond les sens, qui tout en les exacerbant se refuse à leur simple logique, et l'on n'entend ni ne voit l'homme, à moins qu'il ne s'approche ou ne s'arrête sous la lumière d'un lampadaire, dont le faisceau découpé net va trancher l'épaisseur des brumes. C'est un soir où l'invisible se voit, mais où le visible s'échappe, contredit les attentes, où l'on ne peut se fier aux ombres, disparues elles aussi, évaporées avec la pluie, et où l'œil s'aperçoit qu'il prolonge l'oreille, qui ne sait parfois plus situer les échos, guette le pas qui vient derrière et surgit au devant.

Cela pourtant apaise l'homme, et il marche sans hâte, goûte l'eau sur sa peau, se repaît dans l'enfermement de ce mur de brouillard qui s'avance avec lui et semble empêcher le dispersement de ses pensées, si bien qu'il ne voit plus le temps passer, comme si cette autre dimension se dissolvait aussi, et que la nuit, commencée il ne savait quand, pouvait durer à l'infini. C'est ce qu'il lui fallait ce soir, un voile derrière l'opacité duquel il pourrait rassembler le temps, réunir les images qu'ils avaient disposées là-haut, cette femme et lui, le long d'une ligne imaginaire allant d'hier jusqu'à maintenant, les réunir ainsi selon d'autres figures, le cercle ou le triangle, selon des équations qui admettraient les superpositions, l'ouverture des tracés et les interpénétrations.

Car ce que soupçonnait son intuition sans pouvoir le nommer s'est précisé ces derniers jours, et des vagues impressions qui le troublaient avant, il est parvenu à la certitude que tout n'a pas été avoué, et que la femme qui sait si bien raconter les histoires ne peut devoir ceci qu'à un savoir antérieur aux photos, un discernement prenant ses racines en dehors du cadre prescrit par les images. Il l'a compris au bord du fleuve, le soir où elle lui a parlé de sa compréhension de la chaleur. C'est ce soir-là que tout s'est éclairé, que les choses une à une ont regagné leur place, et qu'il s'est rappelé sa colère quand il ne pouvait tirer de cette femme qu'un magma de rouges indécents, et puis comment après elle l'avait subtilement amené à délaisser la toile. Elle devait alors craindre qu'il ne la reconnaisse à travers tous ces rouges, dont par la suite elle cherchait à atténuer l'éclat lorsqu'elle racontait les histoires... Oui, tout se tient, sa facilité à parler du chaud, et ses accès subits de fièvre, son désir de masquer le bleu avec du jaune, et jusqu'à cette histoire qui un jour lui avait échappé, cette photo dans la ruelle... Ce fut là son premier faux pas, une forme d'aveu dont elle n'avait pas mesuré les suites.

Mais il sait heureusement aujourd'hui que leur rencontre ne fut pas, comme il l'avait cru jusqu'ici, le fait du simple hasard, que la trouble attirance exercée sur lui par cette femme vient de l'enfouissement de certains désirs dont il avait avec justesse associé les objets, en vertu d'il ne sait quelle incompréhensible clairvoyance.

Il ne sait pas comment, pourquoi, mais il sait qu'elle revient de là-bas, de ce temps suspendu par le biais de quelques photos dont il l'avait exclue, parce que l'anonymat conféré au modèle ne pouvait que lui en masquer la véritable identité. Ainsi cette femme était donc là avant l'image, comme l'était l'autre femme, Léna, se mouvant dans le même espace ou se mouvant ailleurs, qu'importe, mais suivant un parcours devant irrémédiablement la mener là, dans cette pièce et dans cette maison où allaient se nouer des histoires qui ne se racontent pas.

Il avait mis longtemps à créer certains liens, mais puisque enfin il avait reconnu cette femme, il allait pouvoir lui donner la place qui lui revenait dans les images.

Elle s'est réveillée dans l'odeur du café et des huiles encore fraîches, et a vu sur les mains de l'homme, debout là-bas près de la toile, quelques taches de rouge, comme d'étranges blessures apparues dans la nuit. Alors elle a pensé qu'il avait dû se rapprocher de la femme oubliée et chercher à fixer le rouge avant qu'il ne le quitte encore.

Elle n'a pas vraiment tort, mais ne sait pas encore que le rouge a ramené avec lui les autres couleurs en allées, et que si elles n'ont pas taché les mains, c'est qu'elles n'ont pas assailli l'homme avec la même violence. D'ailleurs si elle regardait plus attentivement, elle verrait que le pantalon et la chemise sont salis de ces couleurs pâles, mais elle ne peut détacher ses yeux des mains calmes, affreusement calmes, absentes à la douleur de leurs blessures. Des mains privées de sensation, et qui se reposeraient malgré le sang les recouvrant.

C'est un peu ce que l'homme lui explique quand il s'aperçoit qu'elle est éveillée et qu'elle regarde intensément ses mains. Il lui dit simplement que oui, qu'il croit avoir enfin trouvé la synthèse idéale des rouges émanés des photos, et qu'il a redonné ainsi l'équilibre au tableau. C'est ce qu'il manquait à la scène, dit-il, cette silhouette assise et au rouge éclatant qui en situe le centre. Puis il vient vers le lit, et il prend la main de la femme, la gauche, qui pend inerte près de son corps, pour l'obliger à se lever et à venir voir le tableau. Il veut lui expliquer le rouge, comment il précise les gris, comment sans lui on ne pourrait saisir les profondeurs du bleu, ni la subtilité des jaunes. Et celle-ci le suit docilement, malgré le lent frisson qu'elle sent monter le long de son bras gauche au contact de la main morte et froide et qu'aucun courant ne traverse. Et puis cette froideur la gagne en entier lorsqu'elle voit le tableau, et qu'elle y reconnaît chaque élément de la photographie, la deuxième, le salon, à ceci près que l'image a maintenant pour cadre l'atelier de l'homme et qu'il s'agit d'un portrait d'elle, vêtue de la robe rouge et faisant face à ce qui tient lieu d'objectif. Mais on pourrait jurer aussi que c'est la femme de la photo... c'est la même attitude, les mêmes cheveux noirs, la peau est aussi fine et le dessin du menton aussi droit. Elle est assise au centre de la pièce, là où l'homme habituellement se tient pour peindre, et à l'emplacement du lit où elle dort, il y a sur le tableau une chaise où est assise une autre femme, qui regarde dehors par les fenêtres ouvertes. À l'avant, il y a encore cet homme dont on ne peut, comme sur la photo du salon, distinguer nettement le visage.

Tout est là, jusqu'au halo des lampes et jusqu'à la musique que l'on croirait entendre malgré le dénuement des lieux. Or la femme ne peut concevoir comment l'homme a pu faire, quand elle le croyait incapable de reproduire la moindre forme, si ce n'est sur cette toile imaginaire que son regard pouvait réarranger selon ses humeurs du moment. Elle ne sait pas comment il a pu mettre son visage à elle sur le corps de la femme en rouge, ni par quel subterfuge il est parvenu à cette incroyable ressemblance.

Elle ne sait pas et elle se sent glacée, comme il y a si longtemps devant la blancheur de la toile et celle de la photographie, et elle sent que le monde autour se désagrège, et comme un vide immense au fond du tourbillon qui rapidement l'emporte pendant qu'ailleurs la voix d'un homme disserte sur l'agencement des tons ramenés dans le rectangle d'un tableau, estimant que l'ensemble est complété, qu'il n'y manque plus rien, et qu'ils vont pouvoir retrouver le fil qui doit réunir les photos entre elles.

Ils sont debout près des fenêtres, dos à ce point d'où nous les observons, et ils ne parlent pas. Ils doivent regarder la nuit, croit-on, et la pluie tombant sur le noir, tout en essayant de comprendre à travers la buée des vitres ce qui s'est passé dans l'appartement depuis que l'homme a peint la toile. Car le lieu semble en effet s'être modifié en fonction du tableau, des couleurs et des formes peintes sous l'impulsion de quelque certitude attribuable aux sens. Ainsi les couleurs ont quitté la toile pour venir se poser sur les murs pendant que les murs s'alignaient selon les angles du tableau.

Ils ont alors dû s'habituer à la nouvelle intensité de la lumière, au lieu tel qu'il leur fut révélé par la toile. Et l'homme est aussi bouleversé que la femme par cette mutation des décors, puisqu'il doit convenir de cette évidence, l'imbrication parfaite des deux lieux, qu'une autre certitude aux motifs tout aussi nébuleux, la séduction du rouge et son indéniable pouvoir, a ramenée dans le champ des interrogations. Car il ne savait pas, lorsqu'il a peint la toile sous le coup d'une soudaine inspiration, qu'il remettait en cause les histoires, l'authenticité des images, la ville et le pays et sa mémoire entière. Mais la conformité des lieux, après l'identité des femmes, le fait douter de tout, de l'existence du pays là-bas, du fleuve aux abords de la ville, et de la femme qui aurait fui ce pays-là par la voie de ses eaux.

La femme, elle, n'a pas prononcé un seul mot depuis, c'était il y a deux jours. Elle s'est tout simplement promenée de la toile aux photos et de là aux fenêtres, pour revenir ensuite aux photos et encore à la toile, cherchant en ce trajet à rattraper le cours d'un passé qui s'efface, sa vie d'avant l'homme et l'appartement, mais quel que soit le chemin emprunté, sa pensée n'aboutit toujours qu'à ces photos peut-être maquillées, truquées, comme si elle n'avait d'autre vérité que l'artifice et n'avait jamais connu d'autre avant, ou alors des avants qui avaient perdu leur substance, s'étaient dissous dans l'eau de cet impénétrable fleuve qui drainait les images.

C'est ce à quoi elle pense en regardant le ruissellement de l'eau sur les fenêtres, la chute accélérée des gouttes allant s'alourdissant. Elle relie son oubli à l'envahissement des eaux douces, car elle ne peut admettre l'hypothèse que là soit son unique mémoire, cette série de photos sorties d'un coffret au parfum fané... Elle pense au pouvoir des images et à la force des courants, tandis que l'homme, mû par les sensations qui de la toile se sont insinuées en lui, fait habilement glisser son bras le long du dos penché, et qu'un air de piano discret, venu des pourtours invisibles du tableau, vient calmer la douleur de la femme, qui confie alors son oubli à la chaleur du bras de l'homme, et de sa main qui se referme sur son épaule.

C'est ce qu'on aperçoit d'ici, un homme et une femme, la nuit, debout près des larges fenêtres de ce qui semble un atelier, un lieu où l'on vivrait aussi. On voit que l'homme est grand, qu'il est large d'épaules, et qu'il tient la femme petite, maigre, dans la largeur de ces épaules. On sent une énergie qui se dégage ainsi de lui à elle, du fait de sa simple carrure, et un abandon d'elle à lui, ce qui est peut-être illusoire, car la distribution des masses ne permet pas de distinguer vraiment ce qui porte et ce qui reçoit.

On sent toutefois que rien ne pourrait séparer ces deux êtres, qu'ils sont liés par le besoin de cet appui, l'un sur l'autre, et l'autre au-dedans du premier, y mettant sa chaleur. C'est une simple question d'équilibre, et l'on croit que si l'un des deux corps s'en allait, l'autre disparaîtrait aussi, ou qu'alors il le recréerait, que l'union est scellée à ce point qu'il le recréerait du souvenir des points où le contact est chaud, et qu'à regarder bien attentivement, on percevrait encore la forme du corps ici manquant, inscrit dans la courbure, les creux et les pleins de celui de l'autre. Et l'harmonie en souffrirait à peine, puisqu'on pourrait de cette façon imaginer les lignes disposées de manière à supporter ce poids penché, à l'empêcher de s'affaisser.

Voilà pour l'essentiel ce qu'on voit devant leurs fenêtres, quatre larges fenêtres plongeant sur la ville endormie : deux corps appuyés l'un sur l'autre. À droite il y a le lit défait, plus à droite l'entrée, l'issue vers le dehors, mais on ne la voit pas, il faudrait reculer un peu. Sur la gauche, à l'extrême, il n'y a rien, cela n'existe pas, ne se conçoit même pas. L'histoire où ils essaient de prendre place commence ainsi avec la ligne qu'on peut tirer de la dernière fenêtre à soi, et s'étend vers la droite, l'extérieur et le fleuve.

À l'intérieur de cet espace il y a ensuite les lampes, disposées pour créer la chaleur, pas tellement la lumière, éclairer de l'obscurité ce qui nous réconforte, et au centre un tableau, représentant l'appartement sans lit, une chaise et une femme à sa place. De biais et vers l'avant, il y a une autre chaise où est encore assise une femme, la même qu'on voyait au salon sur la photo jaunie, mais cette fois-ci elle nous fait face, avec ce regard creux et qui ne traverse pas l'espace, comme on s'y attendrait, pour se perdre derrière nos têtes. Ce regard reste en lui et en son univers, et l'on ne peut deviner la largeur de cet horizon qu'il couvre, si cela est un monde ou si c'est un détail, un tout petit objet, banal et inutile en soi, qu'il chercherait à comprendre en se refermant sur lui-même. Tout le corps semble ainsi détaché du regard et n'être plus que cela, un corps vêtu d'une robe dont on a déjà dit toute l'indécence, un vêtement dont le col replié s'échancre sur la gorge, qui devait respirer lentement, ne presque pas soulever le buste. Le tissu de la robe se fend aussi du côté gauche, ce qu'on ne voit pas sur la photo, et l'extérieur de la cuisse est visible, de la même qualité de chair que la gorge immobile.

Quant à l'homme qui se tient au premier plan de ce tableau, on distingue assez mal ses traits, mais assez pour savoir qu'il s'agit du même homme, c'est-à-dire de celui qui serre maintenant la femme entre ses bras. Comme sur la photo du salon on semble avoir volontairement brouillé cette partie de l'image, pour peut-être occulter l'excitation causée à l'homme par ce corps séparé de son regard, ou parce qu'on ne pouvait saisir le sens de cette excitation.

C'est donc ainsi qu'on pourrait détailler la scène : les fenêtres d'abord, devant elles un tableau, et dans la perspective ouverte par les angles de ce dernier, deux êtres étroitement enlacés qui se découpent sur le fond de la nuit, parfaitement intégrés dans l'espace, comme s'ils avaient enfin trouvé, ainsi appuyés l'un sur l'autre, la position vers laquelle il leur fallait tendre.

Des semaines ont passé, des mois, depuis qu'ils se sont rencontrés, que l'un, on ne sait plus qui d'elle ou de lui, s'est dirigé vers l'autre, intuitivement ou sciemment. Maintenant nous devons être en mai, puisque les fleurs d'avril sont déjà en allées, jonquilles et perce-neige, mortes au soleil, fanées. Nous devons être en mai, car les bourgeons n'ont pas encore fini d'éclore. Cela donne au matin des lumières très claires, vertes, mais d'un vert imbibé de jaune, et au soir des odeurs qu'il faut associer à ce vert humide.

Et là-haut dans l'appartement, on peut voir ce vert s'insinuer par les stores à demi ouverts, effleurer les murs jaunes, jaunis des fumées des nuits longues où l'on doit laisser durer les hivers, pour se disperser en reflets légers sur la surface des objets, les aplats de la toile, qu'on n'a pas déchirée cette fois, qu'on a laissée au centre de la pièce. Mais en dehors de cela, du tableau et de la lumière, l'appartement est vide, c'est-à-dire que l'homme et la femme ne sont pas là. Ne restent ici que leurs images sans relief immortalisées par la toile, figées entre le mort et le vivant, mais passées par les deux états, on le perçoit dans les ombres imprimées sur la matière.

Cela rend leur absence étrangement plus sensible, comme s'ils ne devaient pas revenir, qu'ils avaient laissé là le tableau pour témoigner de leur réalité, puis qu'ils étaient partis tranquilles, le tableau veillant sur les lieux. Mais ce n'est là qu'une impression, et on sait qu'ils ne peuvent être partis pour très longtemps, car le manteau noir de la femme est là, suspendu à l'entrée, tel un détail en trop qu'on aurait négligé et qui vient contredire l'image, nous dire que le tableau est peut-être un mensonge, une pure fabulation de l'esprit fatigué de l'homme qui aurait voulu simplifier l'histoire. Ils devraient donc revenir bientôt, dans deux ou dans trois jours, dès que la femme s'apercevra qu'elle a oublié ce détail pouvant la rattacher à une autre réalité, et que le tableau peint par l'homme, contrairement à ce qu'il prétend, n'est pas vraiment complet, qu'il lui faudrait encore sortir les personnages qu'on y observe des limbes où il les a laissés.

Alors on ne s'inquiète pas, et en attendant leur retour, on profite de l'esseulement des lieux, et on laisse errer son regard sur les marques de leur absence, sur les draps blancs du lit où l'on voit la forme arrondie des corps qui se seraient longtemps assis, puis des corps qui après se seraient allongés, les creux dans l'oreiller.

Et puis l'on s'assoit à son tour sur le lit, et l'on sent qu'à l'odeur des cheveux de la femme se mêle un autre parfum qui s'en va. Un parfum très discret, de femme, qui aurait laissé sur les draps le souvenir de ces insistants détails qu'on ne saisit jamais, mais qui sont ce qu'on voudrait prendre. Une odeur qui ressemblerait à l'odeur de la boîte, qui reste et qui toujours s'en va, et qu'on ne veut trop respirer, de peur d'en absorber le tout et le peu qu'il en reste.

Elle est là, la boîte, à portée de la main, on peut s'allonger et la prendre et regarder soi-même, voir ce qu'on y verrait et qui leur aurait échappé. Ils y ont enfermé les photos avant de s'en aller, comme si cela suffisait pour arrêter l'histoire et permettait de la reprendre là où on l'a laissée, ainsi qu'on peut le croire d'un livre qu'on referme. Mais ils n'ont pas pensé que dans l'obscurité et l'exiguïté de la boîte, l'histoire pouvait se poursuivre sans eux. Non, ils ont cru qu'il n'y avait qu'à en refermer le couvercle pour interrompre le cours du récit.

Ils ont cru et qu'importe, puisqu'ils ne percevront qu'à travers quelques vagues et furtives impressions ces légers glissements de l'image opérés durant leur absence. Alors on se penche et on prend la boîte et on l'amène à ses côtés, puis on voit qu'elle était jadis recouverte de mots, de lignes et de tracés que la chaleur de mains trop moites ont rendus illisibles. On suppose malgré cela que le dessin représentait une carte, à cause des larges pans de bleu qui devaient figurer la mer, et de l'isolement des mots minuscules sur le relief gris qui s'étend en bordure de la boîte.

On ne peut toutefois pas lire ces mots, trop petits et trop pâles, mais on se dit que sous ces inscriptions passées, est peut-être dissimulée cette ville dont l'homme a oublié le nom. Ainsi le bleu ne serait pas la mer, mais le fleuve, dont la présence envahissante aurait été perçue par le dessinateur, qui aurait essayé d'en reproduire les proportions réelles. Puis on se dit après qu'il n'y a peut-être aucun rapport entre l'extérieur de la boîte et ce qu'on y a mis, ou qu'alors l'intérieur et l'extérieur, privés des détails nécessaires à leur autonomie, les images sans lieux et les lieux sans repères, ont simplement été mis en rapport par celui qui a retrouvé la boîte, et qui confondant la mer et le fleuve, le second s'imposant à lui du fait de sa proximité, y a situé les photos. Il a alors choisi sur le couvercle un nom pas encore effacé, pour la sonorité du mot, pour ce qu'elle évoquait, la chaleur et la nuit, et en a baptisé les images. Puis le nom pâlissant, à mesure que le bleu recouvrait le terrain des mots, il a fini par l'oublier et par oublier le pays, si ce n'est sa chaleur, et le fait qu'il soit traversé d'un fleuve immense.

Il est donc clair que le coffret et son contenu ne forment qu'un, et que même on voudrait les distinguer, on n'y parviendrait pas, qu'à regarder la boîte on verrait toujours les photographies, et qu'à regarder cette photo, là, où Léna marche dans le port, on ne pourrait s'empêcher d'imaginer le fleuve, le bleu qui sur la boîte a envahi ses rives.

C'est ce à quoi on pense pendant qu'on sort les photos du coffret et que doucement on les dépose sur les draps blancs, comme des objets qu'il ne faut pas brusquer, tout en s'apercevant qu'elles ne correspondent pas, mais on s'y attendait, à l'idée qu'on s'en était faite, que le rouge est moins rouge et que la chaleur est moins forte qu'ils ne le prétendaient.

On a observé les photos longtemps car il fait déjà nuit, mais on n'y a pas retrouvé l'air qu'ensemble ils avaient composé. Ce sont des photos silencieuses ou qui le sont devenues, où la musique avec le temps s'est en allée comme le parfum. Léna n'y semble pas aussi lointaine, non plus, seulement poussée hors d'elle par quelque nécessité de l'oubli.

La photo du balcon, d'abord, nous montre la maison telle qu'on devait la voir lorsqu'on arrivait par la route, la nuit, enveloppée de silence. On voit que c'est une grande maison, avec un balcon à colonnes bordé d'une rangée de balustres qui s'ouvre sur un escalier. Au bas de l'escalier, une allée de gravier descend vers l'avant-plan. C'est là qu'était le photographe, sur l'allée de gravier, plus bas, de façon à centrer la maison. Sur le balcon il y a Léna, debout face au salon illuminé. Elle est appuyée contre une des colonnes, à gauche de l'escalier, et elle tient un objet à la main, un verre, croit-on, qui pendrait vide au bout de son bras fatigué. Et cela donne l'impression, l'épaule qui cherche appui sur la colonne, la main qui pend inerte et qu'on dirait sur le point d'échapper le verre, que cette femme était ivre.

Quant au salon, il est tel qu'on nous l'a décrit, vide, mais il y règne un désordre d'après soirée qui renforce encore cette idée que la femme a trop bu, qu'elle n'a pas le courage d'affronter ce désordre et ce vide, pas plus qu'elle n'a celui de faire le moindre geste. D'ailleurs ici tout est figé dans ce léger tremblement des images qu'on arrête à dessein, les rendant tout à coup muettes et révélant leur isolement, qui devient dans ce cas l'isolement de la femme au balcon, dont tout l'ennui démontre l'impossible résolution de cette image dans un quelconque avenir. Car c'est le sentiment qu'on a, que l'avenir de cette femme s'arrête au seuil de ce salon vidé, et on a envie d'aller voir ce qui le remplissait, à quoi ressemblait la soirée précédant cet état de prostration où la femme est tombée, ce sur quoi nous renseigne encore la photo du salon.

C'est la photo sur laquelle on s'est attardé le plus, peut-être à cause de l'importance que lui a donnée l'homme, et parce qu'elle porte à ces attardements, ces flâneries quand on sent que tout n'a pas été conclu. On passe alors sa main sur le rebord des meubles, l'accoudoir du fauteuil, tout en mesurant la distance de ces objets à soi, plongé dans une rêverie qui n'admettrait pas l'empressement. C'est ce que suggère cette photo, cette lenteur nécessaire, et c'est ce qu'on y voit aussi, principalement chez les deux femmes, davantage averties des dangers du mouvement, et pourtant le sachant inévitable. Quant à l'homme il est plus nerveux, et on sait qu'il n'attend qu'un signal de Léna pour partir avec l'autre femme, un geste par lequel elle leur donnera l'assentiment dont ils ne sauraient se passer. Il a d'ailleurs arrêté la musique, on sent la tension du silence, et on voit qu'il n'espère que cela, que Léna se lève et qu'elle sorte, qu'elle descende au jardin, leur signifiant par là que le chemin est libre.

Ce doit être pour cela qu'elle a bu, Léna, pour se fermer à la dureté de ce silence, et pour oublier cette abnégation à laquelle elle serait acculée, elle l'a su dès la première danse, dès qu'on l'a exclue des regards. Alors elle s'est mise à boire et à rire, à leur dire qu'elle n'existait pas, c'est le moins difficile. Et sur la photo elle est enfin calme, plongée grâce à l'alcool dans la torpeur d'une molle indifférence, et elle va leur donner bientôt ce qu'ils attendent, elle va quitter son siège et laisser croire qu'elle a choisi la nuit. Puis on ne la reverra que quelques heures plus tard, debout sur le balcon, son verre vide à la main.

C'est ce à quoi devait ressembler cette soirée, à une succession d'heures perdues où l'éparpillement des voix une à une aurait mené à ce balcon désert. Voilà pourquoi on serait tenté d'insérer la photo du boudoir juste après le balcon, de supposer que cette scène a eu lieu deux ou trois jours plus tard, juste avant que Léna ne parte, car on croit que cette fois c'est elle qui va partir. On croit aussi que ce départ sera définitif et que tous deux le savent. La photo du boudoir viendrait ainsi sceller l'adieu, qu'ils auraient décidé de taire, pour la simple décence, et parce qu'entre eux tout avait été dit, jusqu'aux mots de l'adieu, qu'ils pouvaient puiser à même le silence tout en répétant des gestes appauvris par l'usure et le quotidien, se prendre par la taille et danser une dernière fois. C'est ce à quoi conduit le mouvement amorcé ici par l'homme, qui va entraîner la femme avec lui, mais aucun frisson ni regret ne parcourra leur danse, car cela aussi a été dit, s'est en allé avec le temps, de même que l'attrait du mensonge. Ce n'est pas pour la nostalgie qu'ils vont se serrer de si près, mais simplement pour constater que la musique aussi s'est arrêtée, et qu'il n'y a plus rien à entendre que le traînement des pas sur le tapis râpé.

De ce point de vue la photo du boudoir serait donc la dernière, ce qui nous ramène à la case départ, le port, préfigurant déjà le dénouement de cette histoire, son retour obligé vers ses lignes frontières, vers ce qui paradoxalement l'ouvre à tous les possibles évoqués par le fleuve, c'est-à-dire à tous ces départs plus ou moins prolongés, et à tous ces retours. Car cette histoire au fond ne se ramène qu'à cela, au probable départ d'un homme, d'une femme, et à leurs toujours plus improbables retours. On conclut ce n'est pas une histoire, des bribes, et on cherche la trame qui pourrait relier les images.

On les a vus passer, il doit y avoir une heure ou deux, dans la rue qui jouxte la leur. Ils ont hésité un instant près de l'intersection, frileux dans leurs chandails de laine, leurs visages épuisés par une vague amertume, puis ils sont repartis, parce qu'il leur semblait inutile de retourner là-haut. On croyait qu'ils s'en retourneraient vers la jetée, c'est là qu'ils ont passé leurs dernières nuits, mais ils ont d'abord pénétré dans un bistrot obscur où les a dirigés la femme, au fond d'une rue étroite qui ne semble aboutir nulle part.

Ils sont encore à cet endroit, assis près d'une fenêtre donnant sur le trottoir, face à face, les bras appuyés sur la table et la tête inclinée sur leurs verres. C'est leur deuxième ou leur troisième d'un alcool qui réchauffe et apaise, ils en avaient besoin pour affronter la nuit. La femme, surtout, qui semble peu à peu se retirer en elle, abandonnant l'idée de faire comprendre à l'homme qu'ils se sont égarés quelque part, et qu'elle aurait besoin de son appui pour trouver ce croisement où ils ont bifurqué.

On sent pourtant, dans la nervosité des doigts qui vont du verre au front et du front à la nappe, qui insistent longuement sur les aspérités du tissu rêche ou de la peau, qu'elle voudrait essayer encore, malgré que l'homme ne puisse plus voir en elle qu'une confirmation des images. Et elle parvient à murmurer quelques mots brefs, mais il ne l'entend pas, ou n'entend que ce qu'il veut bien, car les mots d'elle à lui se déforment, empruntent sur la faible distance séparant leurs deux corps penchés des intonations qu'elle n'y a pas mises, amplifiés justement par la posture des corps, la courbe des épaules et le creux du thorax où ils vont se frapper, retenus dans ce demi-cercle imparfait qui en assourdit les échos.

Elle dit c'est impossible, c'est ce qu'on parvient à lire sur ses lèvres asséchées par l'alcool, l'occlusion provoquée par le *p* et le *b*, mais on ne sait pas exactement à quoi il faudrait rattacher ces mots, car ici, à ce point de l'histoire, tout devient impossible : leur présence à cet instant-là dans ce bar enfumé, le vieil air du juke-box, et la nuit qui s'en vient. Tout... Et pourtant la nuit aura lieu quand même, et c'est ce qu'elle redoute le plus, ces longues heures qu'ils devront passer ensemble sur la jetée déserte, à guetter quelque apparition sous la noirceur du fleuve.

Elle aurait voulu garder sa lucidité, tenir tête à cet homme, mais depuis qu'il a peint ce tableau et cette femme, elle sent de nuit en nuit ses forces la quitter, pendant que s'amoindrit sa capacité de dire non, sa simple faculté de distinguer le blanc du noir. Elle sent qu'ainsi elle va finir par renoncer à qui elle est, parce qu'elle ne saura plus, n'aura plus l'énergie de s'enfuir, et qu'elle va finir par admettre ce que l'homme a rêvé.

Elle répète c'est impossible pendant qu'une idée vient traverser son esprit, furtive, et qui pourtant revient, et elle se dit qu'elle doit partir, que c'est là ou jamais et qu'il ne faut pas réfléchir. Aussi elle ne réfléchit pas, saisit l'idée comme elle lui vient, et elle repousse lentement sa chaise, on voit l'effort qu'elle fait pour ne pas faire de bruit, sa main qui va saisir son sac, et tout son corps qui brusquement se tend vers la sortie.

Si brusquement que l'homme n'a pas le temps de réagir, de saisir ce regard qu'elle lui jette au passage. Il ne voit que cette femme qui s'enfuit dans la rue, quand pourtant rien ne semble la poursuivre, qui court comme si sa vie en dépendait, sa mort, et il se dit qu'il a déjà vu cela, une fuite identique, à cette seule différence que la ville était chaude et que la femme était vêtue de rouge. Il se souvient aussi que la rue sombre où s'enfuyait la femme donnait sur une impasse. Alors il va sortir et l'attendre à côté du bistrot, ou simplement aller à sa rencontre, car il se pourrait bien qu'elle ne veuille plus revenir, ou que dans sa folie elle soit tombée, se soit heurtée au mur de bois dressé tout au bout de cette rue, une palissade de bois noirci par la moisissure des années, il a ce souvenir précis, oui, et qu'elle ait oublié qui elle était, et ce qu'elle voulait fuir ainsi.

Ils sont revenus à l'atelier, c'est l'homme qui l'a ramenée en la soutenant de ses bras forts. Elle s'était effondrée près du mur, comme il l'avait prévu, et elle était restée assise à cet endroit, sa tête appuyée sur le bois mouillé et ses jambes aux bas effilés ramenées sous sa robe salie. Mais elle ne pleurait pas et elle ne tremblait pas, elle attendait seulement, et si l'homme n'était pas venu, on sent qu'elle aurait attendu toujours, que quelqu'un la ramasse et l'amène avec lui, ou bien qu'elle se serait couchée, la face contre la pierre humide, et n'aurait plus bougé.

Ses membres avaient la lourdeur de cette pierre lorsqu'il l'a retrouvée, et ses yeux paraissaient des yeux d'aveugle, qui ne sachant que faire de leur mobilité se fixent, et restent au ras de cette lumière se reflétant sur le visage. Mais les yeux de la femme accroupie n'avaient aucune idée de la lumière et de ses possibles mouvements, aucune appréhension d'un possible au-delà du noir. La pensée s'en était vidée et rien n'avait pénétré à sa place, pas même le soupçon du néant.

Cet exil de la femme a d'abord réjoui l'homme, en ceci qu'il la retenait près de lui, puis une nouvelle fois il a craint que cet état ne soit irrémédiable et qu'elle ne puisse plus raconter, de telle sorte qu'il serait livré au regard de cette femme en rouge qui peu à peu s'absenterait du tableau pour suivre la première. Mais il voit que dans la chaleur de l'atelier, des trois lampes allumées, un semblant de regard réintègre les yeux, à mesure que le corps se fait moins lourd et qu'il parvient même à sourire, à esquisser ce mouvement triste du visage qui fait l'effort de paraître vivant. Il y a même quelque chose en plus, croit l'homme, dans ce regard qui revient à la femme, adouci durant cette absence pour mieux absorber les images, leur laisser plus d'espace et de jeu.

Il ne sait pas exactement, mais il sent que du lieu d'où elle revient, elle ramène avec elle le savoir de certaines apparences, et des quelques contradictions qui en sont le fondement, que sa fuite avortée l'a encore rapprochée des photos, dont ils pourront reprendre le récit bientôt. Il lui tarde, car sans cela il perd pied, ne sait plus comment s'accrocher à la réalité. Mais il sait qu'il ne peut ressortir les photos du coffret avant que la femme se soit entièrement remise, c'est-à-dire qu'elle ait retrouvé ses forces, car il ne croit pas qu'elle sera jamais comme elle était avant. Elle sera plus limpide et elle aura perdu ce masque qui lui brouillait la vue. Il le voit dans ses yeux qui se sont apaisés, qui se sont enfin résolus à laisser entrer l'incompréhensible en eux.

Le plein été est arrivé, juillet, et avec juillet la chaleur, la lourdeur sur la ville, le soleil qui brunit les peaux qui se sont découvertes. C'est ce qu'on peut voir d'en haut, du quatrième étage de l'immeuble, les femmes en tenues légères et leur peau qu'on devine chaude, réchauffée du simple toucher de la lumière d'été, les gorges et les jambes qui s'offrent, et les régions cachées, brûlantes, se souvenant de s'être offertes au soleil avant.

C'est cela qu'on peut voir : l'été, les couleurs vives et claires, et l'on peut entendre les rires, et les cris des enfants, et les voix qui chuchotent au passage ces rendez-vous qu'on prend dans la moiteur des porches. On entend aussi des musiques venant des fenêtres ouvertes, des fenêtres plus sombres des airs composés pour la nuit, et des fenêtres noires, parfois, des sons à peine audibles, des presque gémissements s'élevant par-dessus ces silences attendus tout le jour, ou se faufilant à travers le grésillement d'une radio oubliée. On entend cela, oui, parcouru des pas saccadés de ceux qui ne savent pas dormir. Puis il y a les odeurs de l'été, les relents de bitume et l'âpre parfum des feuilles amollies, l'odeur des nourritures sucrées qui de nouveau a envahi les rues, et ce parfum léger, suave, qui se faufile à travers cette exubérance, et qui vient des corps enfiévrés, croit-on, des odeurs qu'on y a ajoutées pour masquer les sueurs trop limpides.

Ils sont donc là, en haut, l'homme et la femme à ses côtés, qui lentement s'est remise au contact de juin. Ils sont debout à leurs fenêtres et ils regardent silencieusement la nuit tomber, mais on ne sait pas ce qu'ils perçoivent, s'ils sont présents à ces odeurs et à ces musiques emmêlées, ou si leur esprit est ailleurs, du côté des photos, en plein cœur d'une immense ville que l'été leur aurait permis de superposer à celle-ci.

On ne sait pas, mais on les croit très loin, car ils paraissent alanguis d'une lourdeur qui durerait depuis des ans, si bien que l'été n'aurait pas sur eux l'attrait de la fugacité, et qu'ils n'entendraient plus les rires et les cris, mais seulement la musique qui leur vient du phono derrière eux. Ils ont dû l'acheter récemment, ou le ressortir d'un vieux coffre. Ils ont aussi ajouté quelques meubles, des chaises, et poussé le lit vers la droite, derrière un long rideau qu'ils ont tendu pour en masquer la vue. L'agencement de la pièce ainsi évoque le salon des photos, là-bas, ou encore le boudoir, d'autant plus qu'ils ont disposé différemment les lampes, remplacé l'éclairage de l'hiver par un autre plus doux, pour tromper la chaleur cette fois, atténuer les ombres, et pour que le lieu ne garde pas la nuit les empreintes altérées du jour, les contrastes trop nets et les révélations trop franches du soleil de l'été sur les visages blêmes. Cette lumière fabriquée est en somme un mensonge, une façon de dissimuler leurs rides, de réduire le parcours d'un fleuve et de là la distance entre une ville effacée par ses brumes et une autre trop claire. Et probablement ne sont-ils pas dupes de cette triste tricherie, mais ils taisent la chose et finissent par croire que le temps ne les atteint pas.

L'histoire en devient ainsi plus crédible, et la douceur de la chair de la femme aussi, que l'homme essaie de reconnaître en faisant prudemment glisser sa main sous le chandail, pour essayer d'y retrouver le souvenir des formes, le plaisir des contacts interdits au- delà de certaines limites posées par le vêtement, dont il sait qu'il ne faut repousser les frontières qu'avec la lenteur d'un désir contenu. Mais il préfère cette résistance au consentement banal de l'entière nudité, et il aime à sentir la crispation des muscles lorsque sa main cherche à descendre un peu, et la main de la femme qui vient se poser par-dessus la sienne, avec le tissu du chandail entre les deux, la chaleur de la paume trahissant le désir malgré ce mince obstacle.

Il laisse ainsi sa main là où elle est, se contentant de resserrer sa pression sur l'épaule qui se fait tendre et moite, alors que le chandail se mouille aussi de la chaleur de l'autre main, dessus, qui sans même le savoir amplifie le plaisir pris par l'homme à l'étreinte, son bonheur de sentir l'excitation qui se voudrait imperceptible à travers le tissu.

Malgré tout cela il sait qu'il manque encore certains détails à cet ensemble pour que la sensation atteigne sa presque perfection. Une bretelle lâche, peut-être, sous laquelle il pourrait glisser ses doigts, une écharpe légère qui tomberait sur le sol, le dénuement progressif de l'épaule... Oui, c'est cela, il faudrait remplacer le chandail par une robe, la barrière du tissu par l'écharpe, mais il ne sait pas encore la couleur, s'il faudrait qu'elles soient rouges ou si le blanc siérait mieux à la femme. Il pense à une robe rouge, en fait, que dissimulerait le blanc d'une écharpe, et qui refléterait mieux les tons de la peau qui s'échauffe.

Ce ne sera pas difficile, il doit avoir cela quelque part, au fond de la penderie, une robe qu'il aurait rapportée de la ville là-bas pour pouvoir se remémorer ses nuits interminables. Quant à l'écharpe il ne sait trop, cela lui semble un objet susceptible d'aller d'un corps de femme à l'autre, et qui ne se laisse pas garder, qui tombe inévitablement des épaules effleurées et qui reste après sur le sable ou sur l'herbe séchée. Il apparaît donc peu probable qu'il ait ramené un tel objet, si ce n'est au creux de sa mémoire, un souvenir qu'on peut transporter d'un corps de femme à un autre...

Ils se sont enfermés là-haut durant trois jours, derrière les stores et les fenêtres closes, qu'ils n'ouvraient même pas pour la nuit, pour le peu de fraîcheur qu'on pouvait y trouver. D'abord on les crus partis, en s'imaginant la chaleur qu'il devait faire là-haut, puis on a vu qu'une ombre venait parfois s'installer aux fenêtres, barrant les fins rais de lumière que laissaient traverser les stores.

Ce soir ils ont rouvert, probablement parce qu'ils ne pouvaient plus supporter la chaleur, ou parce que le temps nécessaire aux effets de leur réclusion avait atteint son terme. Ceci plutôt que cela, car on a vu qu'une autre femme, c'est-à-dire différente, s'était substituée à la première, maintenant moulée dans une robe de soie rouge, avec ses longs cheveux attachés en chignon sur sa nuque. Cette femme était assise sur une chaise droite, au centre, et elle regardait vers la gauche, c'est-à-dire vers cette portion de l'espace où il n'y a que le vide, où nous n'avons toujours imaginé que cela. Elle devait raconter quelque chose qu'elle puisait à ce vide, car ses lèvres bougeaient, mais d'un mouvement à peine perceptible, qui quelquefois s'interrompait quand elle paraissait chercher une idée, ou qu'elle s'étonnait d'une image dans laquelle il fallait qu'elle se laisse couler afin d'en retrouver les mots. Elle semblait en ceci avoir compris l'inutilité de la hâte, la nécessité d'accorder son rythme à la langueur du plein été, au débit forcément alenti d'une histoire qui doucement allait en se repliant vers son centre.

Elle avait un joli profil, ainsi, que n'obstruait pas sa chevelure, et qui révélait l'harmonie des lignes, la pureté des triangles aux côtés s'incurvant à peine pour marquer la douceur du visage, pour révéler la fine attache de certains muscles, la minceur de la peau laissant deviner leurs mouvements, et ainsi les tensions et les relâchements de l'esprit. Un profil qui s'apparentait à celui de ces bustes anciens, façonnés dans la pierre et le bronze, affinés par le temps, tranquilles, détachés de leur corps au repos, ou se reposant des excès du corps. C'est ce à quoi elle ressemblait, à ces êtres enveloppés dans la clarté diffuse d'une pensée étrangère au temps.

L'homme, lui, se tenait debout derrière elle, plus au fond de la pièce, et il écoutait ce qu'elle racontait en tirant sur sa cigarette ou en prenant une gorgée de cette boisson claire dont il allait remplir son verre sitôt vidé. Ces deux objets, la cigarette étroite et blonde et le verre à vider, servaient à occuper ses mains dont autrement il n'aurait su que faire, à rendre supportable la station debout, et à lui donner cet air faussement nonchalant qu'il fallait à la scène, lui apparemment dégagé, et la femme lointaine, l'un et l'autre toutefois reliés par ce que devaient évoquer les mots prononcés par la femme.

Sur le même plan que l'homme, mais à gauche, ils avaient installé la toile face aux fenêtres. Ainsi de l'extérieur on avait une vision dédoublée de la femme, sa face et son profil nous étant donnés en même temps, ce qui accentuait l'idée de morcellement, de division du corps, dont les parties ne paraissaient communiquer que par un mécanisme appris. Si elle tournait un peu la tête, cette femme pouvait aussi voir le tableau, ce qu'elle faisait parfois lorsque ses lèvres s'immobilisaient, comme si elle voulait s'assurer de sa réalité.

Cette scène a duré environ une heure, et puis l'homme a paru se lasser, et il s'est dirigé vers les fenêtres, d'où il pourrait mieux étudier ces femmes, leurs regards se croisant sans jamais se toucher, orientés vers ces éléments parallèles à l'image, qu'on ne décrit jamais et qui pourtant la font, d'un côté l'œil qui voit, circonscrit le décor, et de l'autre le rien, la rupture de ce même décor. Et l'observation de ce jeu de miroirs infidèles, dont seulement l'un aurait reflété le mouvement, plongeait l'homme au plus creux d'un malaise où il ne savait plus ce qui était le vrai, ce qui était la représentation de l'autre, de cette femme assise près de lui ou du tableau où il pouvait voir un autre homme, peint, lui aussi, et grand, le verre qu'il tenait à la main, et cette main peut-être comprise dans l'ensemble s'offrant au regard de cette femme dessinée sur la toile.

Étant donné sa position et la position du tableau, le regard de cette femme semblait s'étager sur trois plans, passant d'abord par l'homme, dont il n'aurait fait qu'effleurer la main, s'arrêtant ensuite au voyeur, et enfin se perdant dans la nuit à laquelle le tableau faisait face. Ainsi placée, cette femme paraissait donc piégée entre deux nuits semblables, la première derrière elle et s'ouvrant sur le large balcon à colonnes, là-bas, et l'autre étalée sur la ville, ici. Devant ce balcon silencieux était d'ailleurs assise une autre femme, qu'il se souvenait avoir nommée Léna, l'homme, et qui comme la première était entourée de deux nuits, l'une englobant son monde, et l'autre où celui-ci tendait à se précipiter.

Malgré qu'elle parût éloignée, il sentait cette femme attentive à ses mouvements, ainsi que l'était l'autre femme, assise ici au centre de son atelier, et qui avait interrompu le cours de son récit lorsqu'il était allé vers les fenêtres, distraite par le bruit des pas, leur parcours différent, ou par le sentiment qu'on ne l'écoutait plus, et qu'elle pouvait continuer l'histoire en elle-même, sans l'effort de la voix.

Mais peut-être a-t-elle simplement réintégré les lieux à cet instant, car c'est là qu'elle s'est retournée du côté des fenêtres, ouvrant d'un même mouvement l'angle de sa vision et permettant à l'homme de mieux voir son visage. Et c'est là qu'il aurait senti, à l'aspect de cette femme ne se laissant voir qu'à demi, qu'elle se dérobait peu à peu à lui en s'investissant à la fois du rôle de ces deux femmes, l'une associée au rouge et l'autre au blanc, dont il avait tenté de reproduire l'image.

Et il aurait alors eu peur, croit-on, de n'avoir plus accès au regard de la femme, de ne plus pouvoir le modifier, en perturber la trop calme surface, et de ne plus savoir où ce regard irait ni où il s'échouerait, d'être de cette façon écarté d'une histoire ne pouvant par ailleurs se dérouler sans lui. Aussi à ce bouleversement aurait succédé la nécessité d'agir, car il s'est rapidement dirigé vers la femme en lui disant de se relever, et il a déplacé sa chaise, c'est tout, mais c'était suffisant pour changer leur rapport, et pour émouvoir la tranquillité des yeux qui s'étaient réfugiés dans une aire interdite à l'homme, à la main tenant nerveusement le verre, aux lèvres exhalant la fumée, dans une aire ainsi protégée des distractions inévitables amenées par la rugosité connue de l'une, et contrastant avec toute la douceur humide évoquée par les autres.

Aussi après cette incursion de l'homme la femme s'est-elle sagement rassise, cette fois-ci devant lui, c'est-à-dire devant les fenêtres. Et puis ils ont fermé les stores sur cette image d'eux qu'on aurait pu qualifier d'irréelle, patinée de la même immatérialité glacée que certaines icônes : une femme au regard égaré ramené de quelque paysage aux lignes aplanies, et devant elle un homme, dont la large carrure fermait l'avant-plan de la scène. Derrière elle on voyait un tableau qui la représentait plus calme, ou dans la torpeur de l'indifférence, non pas telle qu'elle avait dû être, mais telle qu'elle deviendrait avec le temps.

On est revenu à l'intérieur pour mieux entendre les histoires, et pour vérifier si les lèvres émettaient réellement des sons, ou si elles ne faisaient que suivre les tracés d'un récit qui n'avait plus besoin des mots. Puis on a entendu qu'un murmure entourait la femme, que l'histoire avait pris les inflexions de la voix basse, du presque chuchotement, quand le son doit rester près de sa source, quand il n'existe que dans cette région qui l'enferme en lui-même. Cela crée un espace plein, et qui donne envie de se rapprocher, ne serait-ce que pour éprouver la vibration des graves, l'envoûtement de cette calme litanie qui s'inscrit dans l'oreille et survit à la voix. Ne serait-ce que pour cela, on s'est glissé vers elle, mais on avait aussi envie de connaître l'histoire, de savoir ce qu'avait appris la femme au sentir du tissu soyeux sur sa peau blanche, quelles couleurs inconnues ce rouge avait conférées à la ville, et dans quelle atmosphère baignait désormais la maison qui servait de cadre aux histoires.

Lorsqu'on a pénétré la zone où étaient confinés les mots, on a toutefois compris qu'elle ne racontait rien, qu'elle se contentait de décrire ce que le lieu lui imposait. Elle parlait ainsi de l'été, qui semblait ne jamais vouloir finir, ponctuant son discours d'arrêts où elle cherchait le souffle que lui ravissait la chaleur, et puis elle reprenait son monologue, chargé plus lourdement chaque fois de cette condition posée, l'été, le chaud, et de ses multiples effets.

Elle racontait pendant que lui restait à l'écouter, debout dans la pénombre à subir l'exaspération de la saison nommée dans l'insistance de la voix faible, d'autant plus insistante qu'elle se faisait plus basse.

Il avait revêtu un smoking noir identique à celui des images, malgré la chaleur qui régnait ici, insensible, eut-on dit, à ses effets directs, et n'en éprouvant les extrêmes que par l'intermédiaire de la voix étouffée, aux intonations de laquelle il semblait se complaire, bercé par la douceur de ce léger bruissement évoquant l'odeur des peaux moites en plein cœur de l'été.

C'est à cela qu'il devait songer, cet homme, aux corps qui se mouillent au moindre effleurement, à ceux-là qui se laissent effleurer, et à ceux-là qui fuient. Car il lui arrivait depuis un certain temps de les confondre, de ne plus pouvoir saisir ces attitudes qui font les corps si différents, pour n'en percevoir que les similarités à travers la futilité des apparences. Il lui arrivait ainsi de se perdre, de considérer comme une étrangère la femme assise à ses côtés, habillée de ce genre de vêtement qui ne vêt que l'attente, qu'on mettrait pour le simple plaisir de l'enlever, de savoir qu'on voudra le faire, et d'imaginer la manière, brusque ou douce, plutôt brusque, le déchirement de la soie rouge...

Il y a des soirs où il ne savait plus d'où elle venait, ni qui étaient ces autres femmes réfugiées sur la toile, laquelle d'entre les trois était une imposture, et s'il y en avait au moins une qui avait existé. Il ignorait aussi qui était cet homme-là, dont le cadre inférieur du tableau coupait l'image en deux, celui autour duquel s'était dessiné un nouveau triangle avec l'arrivée de la troisième femme, une figure aux sommets pourtant interchangeables, l'identité des femmes étant devenue avec le temps presque aussi floue que celle de ce personnage anonyme.

Mais cela n'avait plus vraiment d'importance, puisque ces indifférenciations semblaient le rapprocher d'une certaine réalité, d'une vérité fondée sur l'union de quelques détails : l'été et la chaleur, la nuit, la peau blanche et les cheveux noirs, qu'il faudrait peut-être couper, ou garder attachés, de façon à laisser la nuque entièrement libre, et puis enfin le fleuve, où tout va et se perd : l'été et la chaleur, la nuit, la peau blanche et les cheveux courts.

C'est à cause de la grande chaleur, dit-elle, et elle va promener sa main légèrement tremblante, encore amaigrie depuis quelque temps, depuis que la lourdeur des nuits lui a fait perdre jusqu'à l'idée de se nourrir, sur sa nuque amaigrie aussi, et blanche, libérée du poids de la lourde masse qui la protégeait des regards.

L'homme n'aura donc pas eu besoin de s'imposer, ni même de suggérer, la chaleur s'est chargée pour lui du parachèvement de l'image. C'est ainsi qu'en rentrant ce soir il a trouvé sur le plancher la chevelure étalée, laissée là par la femme comme un aveu de son abnégation, peut-être, de sa résignation, et il n'a pas été surpris de la trouver assise face aux fenêtres, à cette place que lui assignait l'histoire.

Alors il est allé vers elle, vers ce cou dont le dénuement demandait qu'on le prenne, qu'on pose sa main lourde sur sa fragilité offerte, et il lui a donné cette assurance réclamée par la nudité, la main qui prend et garde, pendant qu'elle lui disait que c'était la chaleur, l'été qui n'en finissait pas, et la perte d'espoir. C'est tout ce qu'elle a su lui dire et tout ce qu'elle peut répéter, pendant que sa main fouille sa chevelure mal coupée, et qu'elle cherche à se reconnaître à travers ces marques imprécises, ces défauts de l'habituel où elle ne peut que constater l'étrangeté que l'on porte en soi.

Puis elle dit qu'elle devra partir bientôt, qu'elle n'aura plus la force de cette vaine attente, et qu'il devra l'amener sur le bord de ce fleuve où ils se sont déjà promenés.

Elle parle et la lumière baisse, et l'homme ne se préoccupe pas de ce que les lampes soient éteintes, il laisse la nuit d'août pénétrer l'atelier, plus sombre au premier plan, d'un noir quasi opaque, qui se dilue toutefois à mesure qu'on s'en va vers les fenêtres où pénètrent diffusément les lueurs de la ville, juste assez pour qu'on puisse apercevoir leurs silhouettes, l'une assise, et l'autre agenouillée à gauche, son bras protégeant la première et par ce geste se l'appropriant.

C'est la dernière image qu'ils vont nous laisser d'eux dans l'atelier, deux corps cachés de la lumière et qui n'en auront plus besoin, une vieille photo en négatif dont aucun appareil ne saurait révéler la fixité.

Il l'a amenée au bord de l'eau, ainsi qu'elle l'avait demandé, et ils ont déposé leurs vêtements sur les berges, soigneusement, pour ne pas les salir, avec la lenteur et la précision des gestes de ceux qui s'attachent aux objets, en connaissent la valeur, le prix, soit qu'ils veuillent retrouver l'objet intact, soit qu'ils veuillent laisser d'eux le souvenir de cet attachement.

Après ils se sont avancés dans l'eau jusqu'à mi-cuisse, et puis ils ont marché lentement en suivant l'aval du courant pour ne pas buter sur les pierres ou glisser dans la vase. Et pendant qu'ils marchaient, la femme a dit qu'il y a longtemps qu'ils auraient dû penser à venir se baigner au fleuve, que cela aurait rendu l'été moins long. Ce à quoi l'homme a répondu que c'était impossible, qu'avant elle n'aurait jamais eu ce désir, que le fleuve était trop chargé et qu'il fallait d'abord rendre ses eaux plus claires. Il a dit cependant qu'il n'était pas trop tard, qu'à partir de maintenant ils reviendraient souvent, du moins jusqu'à l'automne. Puis la femme a pensé à l'automne, et qu'après cet automne il y aurait encore un hiver, janvier et février, le blanc et les longues nuits de glace, et elle a murmuré qu'elle était fatiguée, qu'il était temps de s'en aller et peut-être de retourner chez soi.

C'est juste après qu'elle eût prononcé ces paroles, croit-on, que l'homme a pressé contre lui cette femme et l'a serrée dans ses bras forts, si fort qu'elle a gémi, mais du plaisir, peut-être, ou bien du soulagement de savoir ne pouvoir s'échapper de ces bras, de savoir la capacité de l'homme de faire ce qu'il voudrait de son corps maigre.

De loin on aurait pu penser des gens qui s'aiment, à voir l'homme ainsi replié sur le corps de la femme, qui serrait fort et qui mettait sa tête au creux de son épaule, cherchant à arracher ou à retenir on ne sait quoi de cette étreinte. Ensuite il y aurait eu quelques halètements, et le bruit des ébats se poursuivant, et puis enfin le cri d'une femme, retenu, peut-être étouffé par cet homme, sa bouche, qui aurait voulu recueillir cette plainte.

Après la nuit a retrouvé son calme, le fleuve, et on a vu plus tard l'homme qui s'en allait seul chez lui, la femme peut-être trop rompue pour le suivre tout de suite, ou voulant encore profiter de la nuit et de l'eau, faisant comme le font parfois les amantes, qui préfèrent s'isoler lorsque vient l'épuisement. Elle a pu demander qu'il s'en aille, lui dire qu'elle voulait sa tristesse à soi.

On ne sait pas, mais l'homme avait cet air perdu qu'on lui avait vu quelquefois, quand certains événements ou choses se dérobaient à lui. Il a toutefois paru se ressaisir sitôt qu'il a été rentré chez lui et qu'il a retrouvé son monde, la toile et ses deux femmes, et la chaise encore disposée pour recevoir la troisième femme, qui rentrera tantôt, croit-il, et qui ira s'asseoir face à la ville pour lui parler des siècles d'étés chauds accumulés en elle.

Il aime à se faire raconter ainsi, ne s'en lasse jamais, car il sent en lui la capacité d'absorber tant de mots, et tant et tant d'images que ces éternités ne l'effraient pas. Cela rend même chez lui l'idée de la mort douce, où il ne peut voir que la résorption de ces durées que la vie creuse. C'était aussi ce que croyait Léna, pense-t-il, malgré que ses histoires aient pu laisser entendre le contraire. Et puis il se surprend à parler d'elle à l'imparfait, alors qu'elle se repose au bord du fleuve et qu'elle va revenir au matin. En fait il ne sait plus s'il s'agit d'elle ou bien d'une autre, assise au bord de l'eau à espérer la pluie... Il lui semble avoir connu tant de femmes, et les unes aux autres pareilles, se confondant avec le temps et l'accumulation de leurs images, qu'il ne sait plus, non, laquelle est là tout près du fleuve, attendant que la marée monte pour remettre sa robe, malgré que le vent doux n'ait pas réussi à sécher la moiteur de sa peau.

Il ne sait que ceci et ceci est ce qui importe, que cette femme a sa place dans l'univers qu'il s'est créé, et que cette chaise est là qui attend son retour, conçue pour recevoir sa forme, dont l'absence trop longue finirait par créer un vide irréparable. Il ne va pourtant pas veiller dans l'idée de ce vide, il va sortir encore puisque la nuit est belle, et lorsqu'il reviendra demain, elle sera à sa place, assise où il convient et racontant déjà, et il n'aura qu'à s'immiscer sans bruit dans le cours du récit amorcé.

La chaleur a fini par tomber et les vents se lever, et il avait cru que la pluie lui ramènerait la femme, mais sa chaise est restée inoccupée. Personne n'est venu non plus s'installer dans la rue pour guetter ses fenêtres, et monter chercher cet imperméable noir toujours suspendu à l'entrée.

Pourtant il sait ce soir à regarder la pluie tomber qu'elle ne reviendra plus, mais il n'en semble pas réellement affecté, car avec les jours et les nuits, il a fini par s'habituer au calme, au silence apaisant de l'atelier, que ne traverse plus qu'une voix faible qui vient peut-être du souvenir, ou de cette autre femme, dont le regard le suit depuis la toile posée au centre de la pièce.

Elle lui aura au moins laissé ceci, songe-t-il, l'écho de sa voix morte renvoyé par ce portrait d'elle, et ces photographies jaunies prises au cours d'un été où le sommeil ne venait pas. Il avait connu cela aussi, cette incapacité de trouver le repos, et la peur qui parfois s'infiltre sous l'œil qui tend à se fermer, et le force à s'ouvrir pour sonder l'épaisseur du noir, et palper la réalité du corps que ce noir allait absorber, créer autour de lui un halo moins opaque à l'intérieur duquel il puisse se mouvoir sans crainte. Il connaît aussi cela, ce refus de s'abandonner au noir qu'à force de fréquentation on finit par substituer à la lumière, au point de prendre le jour en horreur, et de néanmoins lui confier ces heures arrachées au sommeil.

Il connaît, pour peut-être avoir traversé quelques étés semblables à celui des photos, pour s'en être approché au point de ne plus savoir rien d'autre, ou pour avoir été cet homme relégué dans la marge pâle par ces femmes en tenue d'été dont le dénuement n'est qu'un leurre. Il connaît et pourtant ce savoir lui échappe, et de cela il pourrait leur en vouloir, mais il a perdu cet instinct, car autant les photographies sont vieilles autant il se sent près de la fatigue, et près d'abandonner l'espoir de jamais découvrir qui étaient ces deux femmes, et pourquoi tour à tour elles l'ont si brusquement quitté tout en lui refusant l'oubli. Car jamais, il le sait, elles ne disparaîtront du fleuve, pas plus qu'il ne pourra détruire la toile. Il lui faudra partir aussi, suivre le cours de l'eau jusqu'à ce que sa divagation, enfin, ait raison des derniers tourments.

La robe abandonnée sur le rivage a disparu la nuit dernière, et il ne reste là qu'un soulier du même rouge, recouvert par la boue, un objet que l'hiver viendra envelopper à son tour, d'ici quelques semaines, pour le faire disparaître avec lui au printemps, quand la fonte des glaces arrachera ses souvenirs au rivage.

Ainsi sur les berges du fleuve exalté par la crue, il ne restera plus trace de l'histoire de cette femme, mis à part les errances de cet homme qu'on a vu ramasser la robe hier, un peu après minuit, et la porter à son visage, malgré qu'elle soit salie de vase, et la serrer tout contre lui, pour après la briser violemment, espérant vainement par ce geste atteindre aussi la femme. On a alors pensé qu'il était ivre, et puis vu qu'il pleurait, et conclu que l'ivresse venait de ces pleurs trop longtemps retenus. C'était une scène étrange, cet homme qui ne savait pas comment on fait, étonné de ses larmes et maudissant à travers elles la femme qui le poussait à cela.

Et puis on a compris qu'elle était partie pour toujours, qu'elle avait déserté la pays en laissant derrière elle les artifices de sa dernière image, et qu'ici s'arrêtait le récit, car si on pouvait détailler l'histoire à l'infini avant que cette femme n'aboutisse au fleuve, il semblait évident que tout s'était terminé là, à cet instant précis où elle avait délicatement plié sa robe pour la poser sur un rocher. De là on ne pouvait supposer que des recommencements semblables, qui nous mèneraient toujours sur les rives d'un fleuve, d'une mer, un soir avant l'automne. Il savait aussi cela, l'homme, qui pressait sur son ventre le vêtement déchiré, comme s'il y avait caressé la femme, et qui a ramené cette robe avec lui, comme on ramène une femme, jusqu'à l'appartement où trônait un tableau où l'on pouvait apercevoir la robe intacte, portée par une autre jeune femme qui doucement s'effaçait de la toile, doucement s'en retirait. Pourtant cet effacement confiait à sa présence une qualité nouvelle, qui au lieu de se désigner dans l'insistance de certaines teintes, se répandait dans l'appartement tout entier, y créant un écran vaporeux, tout près de la lumière, qui colorait le moindre objet et teintait l'atmosphère de cette légèreté succédant aux tensions trop violentes.

C'est cela qui avait dû obséder l'homme, ce qui se cachait sous les apparences, ce qui était retenu dans l'étroit fourreau du vêtement, et qui se dégageait dans l'air grisâtre maintenant qu'on avait déchiré la robe. Il devait avoir saisi cela sans toutefois le comprendre, ce qui se soustrait à distance, ce qui disparaît sous les matières au grain trop serré, malgré ces aveuglements dont on parle lorsqu'on veut excuser les passions.

Il devait avoir pressenti ces choses pendant que le lent travail des saisons, de l'usure qui parfait et amène à certains achèvements, avait fait surgir du tableau ce qu'en lui-même il soupçonnait, en avait assoupli les limites pour que la femme enfin n'y soit plus enfermée et qu'elle puisse errer librement du tableau à la chaise, et de là jusqu'au fleuve, et jusqu'à ces photos suscitées par un autre fleuve. L'image de cette manière semblait davantage en accord avec les détours nécessaires qu'avait dû emprunter l'histoire pour s'extirper des sables où peu à peu elle s'était enlisée. Les mains de l'homme nous le disaient d'ailleurs, qui disposaient la robe sur la chaise installée face aux larges fenêtres, avec une extrême attention, comme s'il avait manié les membres de la femme pour tenter de les rassembler.

Il paraissait aussi plus calme, tout à sa tâche délicate, et peut-être honteux de s'être laissé emporter, mais ce devait être le fleuve, et le vent qui rend fou, et le bruit de ce vent par-dessus le silence auquel était abandonnée la robe. Et puis il avait été frappé par le rouge, par cette tache au milieu des ténèbres, venue lui rappeler brusquement cette nuit depuis laquelle il avait cru la femme partie à tout jamais, alors qu'elle était toujours là, quelque part aux abords de l'eau.

Mais à cette heure la crise était passée, il avait retrouvé sa lucidité et ses mouvements tranquilles, et lorsqu'il a eu fini de replacer la robe, il s'est appuyé sur le mur, près des larges fenêtres, et il est resté là jusqu'au matin, tournant parfois la tête vers cette chaise où était maintenant assise une femme vêtue de rouge pour lui seul revenue. Après il portait de nouveau son regard sur la nuit et semblait écouter, croit-on, le paisible discours de la femme arrachée au fleuve.

On a été surpris par les violences de l'automne, par la hargne des vents qui n'ont toutefois pas retenu l'homme à l'intérieur, ne l'ont pas empêché d'aller régulièrement au fleuve, et de s'asseoir durant des heures près de la pierre où il avait trouvé la robe, pour guetter sous les eaux le passage des multiples images qu'il cherchait ensuite à travers la ville, ramenant soir après soir chez lui une femme lasse et quelconque qu'il ne renvoyait qu'au matin.

Car il a ressorti ses huiles, le temps d'accompagner la robe d'un corps qui lui convienne. Et l'espace est depuis envahi des couleurs étendues sur les toiles et des toiles allongées près des murs. Cela donne à la pièce un air de fête, de désordre joyeux où l'on pourrait presque se sentir bien, n'était la troublante impression qu'on ressent à la vue de ces corps pourtant gais qui recouvrent les toiles, ou qui semblent s'y reposer, oui, c'est cela, de ces corps imprégnés de repos, de leurs formes languides dont la vue devrait apporter le réconfort.

Alors on cherche d'où pourrait venir le trouble, puis on se dit qu'il vient peut-être justement de là, de ce calme trop grand où baignent ces longs membres étirés par les eaux, ou du calme de l'homme qui semble toujours peindre la même toile.

C'est pourtant ce qui les attire, ces femmes, la douceur du regard de l'homme, la façon dont il semble pénétrer en elles, sachant déjà ce qui s'y trouve et comment le trouver. C'est ce qui les incite à le suivre chez lui, et à poser pour lui dans la lumière des lampes qu'elles avaient imaginées chaudes. Ce n'est qu'une fois ici, au milieu des tableaux, que la lenteur de ce regard soudain dérange lorsqu'il va se poser sur cet amoncellement de corps semblables, sur ces visages aux traits marqués par une sérénité sans rémission.

Des tableaux peints sous l'impulsion de quelque désir fou d'où se seraient absentées les chairs vivantes, c'est ce que croit la femme qu'il a ramenée ce soir, et malgré qu'elle frissonne un peu, elle va quand même demander à cet homme étrange si elle doit retirer sa robe. Mais il lui répondra que non, qu'on ne déshabille pas le corps des femmes, que la chair est une déception trop grande et qu'il faut au contraire savoir la revêtir. Après il lui dira de passer la robe rouge déposée sur la chaise. Ce que fera la femme, bien qu'il ne s'agisse plus vraiment d'une robe, mais on l'a payée pour se taire, et pour faire ce qu'on lui dirait. Elle enfilera la robe et lui il la regardera, avec ce regard qu'elle aura perçu, fou, la couvrant d'un frisson semblable à celui des corps peints. Après il s'en ira vers elle et il mettra ses bras sur ses épaules, comme on le faisait pour les danses, avant, quand c'était la seule impudeur permise, et puis il fouillera sa chevelure pour tenter d'y trouver le parfum dont il semble à chaque jour se rapprocher, à mesure que ces banals corps de femmes précisent par contraste le visage effacé de celle qu'il doit ramener du fleuve avant le long hiver.

Mais ce soir il lui semble avoir trouvé, à travers l'odeur de la peur qui fait trembler cette femme, quelque chose du bleu qui formait le regard. Alors il presse encore un peu, rien qu'un peu, ce corps léger et qui vacille, en lui disant qu'il va pouvoir partir enfin, et en lui parlant de voyages et d'îles, et des interminables fleuves, là-bas, traversant ces pays torrides où peut-être un jour elle ira aussi.

Il a neigé durant la nuit, la première neige de ce nouvel hiver, et cela lui a rappelé un autre hiver passé en compagnie d'une femme qui aurait voulu colorer ces vastes étendues de blanc.

Mais cette année il n'aura pas à subir ces rigueurs car tout est prêt pour le départ, et d'ici quelques heures, il aura quitté cet appartement trop chargé de souvenirs imprécis qu'il n'amènera pas avec lui. Il va seulement glisser la photo du salon dans la grande poche de cet imperméable noir qui le protégera du froid jusqu'à ce qu'il ait atteint d'autres régions plus chaudes.

Il va aussi amener cette femme étendue sur le lit défait, dans cette robe indécente révélant à travers ses déchirures ces endroits où la peau est tendre... la rondeur d'un sein légèrement tombant, la naissance ombragée du ventre, l'intérieur de la cuisse... Il va l'amener car il voit bien que cette tendresse offerte ne saurait résister à l'hiver qui s'en vient. Et pourtant ce disant, il sait qu'elle souffrirait aussi des torpeurs du pays où il veut s'en aller, que sa santé fragile n'admettrait plus longtemps la tension de l'attente, et qu'ainsi tôt ou tard elle cesserait d'espérer la fin du long été, puis la fin de l'hiver, la fin de ce qui pourtant ne peut mener nulle part qu'à de nouvelles et interminables lenteurs. Mais il va la prendre avec lui quand même et s'en séparer en chemin, sous un climat sans heurts où se confondront les saisons.

Oui... il va la laisser là où la tiédeur du temps apaisera ses peurs, et où les violences sont brèves, juste assez pour secouer les sens et qu'on ne s'endorme pas. Et c'est là qu'il viendra la visiter quand il voudra se reposer de ses voyages, et observer l'effet des récits qu'il lui en fera dans les jeux d'ombre et de clarté qui passeront sur ses yeux.

Il va la prendre dans ses bras et ne pas l'éveiller, et la porter là-bas où elle sera tranquille. Et il n'amènera qu'une photo, et cet imperméable noir dans lequel ils pourront s'envelopper. Pour le reste il laissera l'appartement tel qu'il le voit, avec ses toiles et ses photos, et ses lampes allumées pour faire oublier les froids qui arrivent.

Il est parti avec la nuit, comme cela était prévu, et on a constaté qu'il s'était dirigé vers le fleuve, car ses pieds ont laissé des empreintes profondes dans la neige encore fraîche, comme s'il avait porté un poids. Le parcours emprunté forme aussi un dessin brisé, qui suit les sinuosités du fleuve et qui soudain bifurque vers la droite pour s'arrêter au bord de l'eau.

À quelques mètres de la piste ainsi tracée, on a trouvé sur le rivage la robe déchirée, et puis un peu plus loin, ce vieil imperméable noir qui contenait une photographie abîmée par le temps et l'eau, mais encore tout à fait lisible.

Sur cette photographie on pouvait voir un homme, debout au premier plan, et seul, c'est-à-dire ignoré par les deux femmes assises un peu plus loin et qui semblaient se reposer, le temps qu'elles pourraient sans violence laisser cet homme ainsi. Si on l'avait voulu, on aurait pu tirer une ligne entre ces trois points isolés et former ainsi un triangle, mais cette figure nous aurait semblé fausse tant chacun de ces trois personnages paraissait retiré en lui-même et dans sa propre idée de la géométrie des masses distribuées autour de lui. Une telle figure devait cependant avoir existé, on en voyait encore les traces dans le tremblé de certaines formes, le flou dont était cerné l'homme, et dans l'épuisement confinant les femmes à l'immobilité, une immobilité pareille à celle du corps dormant amené par l'homme sur le rivage.

On avait donc là devant soi, gisant sur les berges du fleuve, les tristes témoins de l'histoire d'un couple, dont le cours peut-être paisible avait été dévié par l'intrusion d'un troisième membre, et à partir de ce moment l'histoire en son entier. Un scénario banal, en somme, qui jusque dans ses exagérations ne pouvait contenir de surprise, c'est-à-dire jusque dans la mort probable de ceux qui avaient porté les vêtements, la robe et le manteau, et dont on retrouverait les corps un jour ou l'autre, celui encore vêtu de l'homme, et celui dénudé de la femme, dont la robe rouge avait été jetée là sur la plage.

D'en haut cette robe faisait une tache sur la neige maculée des pas qu'on y avait laissés, une marque rougeâtre qu'on reliait à cette autre tache, noire, près de laquelle gisait un minuscule rectangle de papier glacé. C'est l'image qu'on a aperçue quand on s'est retourné une dernière fois pour regarder le fleuve, c'est l'image qui nous est restée.

Québec, 1987-1990

Achevé d'imprimer
en septembre 1991 sur les presses
des Ateliers Graphiques Marc Veilleux Inc.
Cap-Saint-Ignace, Qué.